為作家寫的書

張雪媃／著

當代台港
女作家論

序／李瑞騰

　　早就聽張放先生談起，他女兒在美國讀書，先在愛荷華，碩士讀完去了哈佛工作，再到威斯康辛讀博士，研究的是現代中文文學，學位拿到還不回來等等。

　　張放從山東流離來台，行伍出身，後轉文職，一生皆與文字為伍，有女長成後和他走在同一條路上，言語之間自有寬慰之情。後來我進出學界和文壇，在一些文學活動場所，見到世新大學中文系張雪媃老師，知道她是老友愛女，柔中帶剛，那剛氣，我直覺是從乃父那裡來的。

　　雪媃2001年整裝回台，迄今二十年間，不斷地有學術論文和文學評論文章見諸期刊，幾乎都是華文女作家的評論。產量雖不特別多，但我發現，她對於所研究的每一位作家，都有全面性掌握，而探求的標的，總在創作心靈與生命經驗的相互對應上。

　　就已出版的《天地之女：二十世紀華文女作家心靈圖像》（正中，2005）、《當代華文女作家論》（新銳文創，2013）二書，以

及將出版的這本《為作家寫的書：當代台港女作家論》（新銳文創，2021）來看，從1900出生的冰心，到1959出生的陳燁，雪娥總計探討了二十位華文女性作家。

她們被放在不同的文化空間定位，冰心、丁玲、蕭紅無疑是中國現代文學史人物；謝冰瑩的大陸時期也是，但後來到了台灣、去了美國，正是台灣作家；而張愛玲，當然是四十年代上海作家，但她相對複雜，中共建政，她去了香港，再到美國，親美反共使她不見容於中共文學史家，文學卻在台灣大放異彩。

胡品清、齊邦媛、聶華苓、三毛皆東渡來台，胡在1949年以前留學法國，來台已是1962年，詩文創作甚豐；聶來台後參與《自由中國》編務，1964年赴美，成就愛荷華國際寫作計畫的人文偉業；齊來台後，於台灣文學貢獻良多；三毛在台灣成長，文章傳遍全球華人世界。四位的文學，皆屬台灣文學範疇，聶華苓也被放在海外華文作家之列。

對我們來說，陳若曦、施叔青、季季、龍應台、李昂、平路、蘇偉貞、朱天心、朱天文、陳燁都是台灣小說界的名家，可親可近。陳若曦很長一段時間在美國，施叔青也住美國，還有將近十年在香港，但都來來去去。至於西西和李碧華，無疑屬於香港，但台灣讀者對她們都很熟悉。

雪娥出身中文系，喜歡文學，原意在創作，竟一路走向學院，

成為文學研究者，她寫過唐傳奇、唐詩的論文，但更鍾情於現當代；她也討論過男性作家，像魯迅，但絕大部份是女性。至於為什麼是這些女作家，雪娥在本書的序裡提了三個理由：機緣巧合、好奇欣賞、凝神觀察，我想幫她補上一個「自我投射」，算是我的觀察。

作為一位當代知識女性，雪娥當然了解女性處境之難，更知道克服、甚至超越之必要，要勇敢、要有智慧，要在應行、可行之間斟酌損益。雪娥所選擇的這些女作家，把生命苦楚化成文字篇章，感性與理性兼具，筆下有「自我投影」，而雪娥作為一位有高度自覺的論者，剖情析采的過程，其實是再現一個又一個生命故事，和文本人物對話有關生命的價值。

這些女作家和她們筆下的人物，都有跨域的流動過程，雪娥自己不也去國二十載嗎？而外省第二代的身份，相信會對歷史劇變時刻渡海來台的一代人，以及他們的下一代，如何在詭譎多變的環境中立足，特別有感。我以為這也是一種「自我投影」。

雪娥說，她的評論，重在細細閱讀，她要讓作品自己說話，因為每個作家都有自己的一套文本，和他人截然不同，而她的詮釋和評價，就是要尋找每位作家的特殊性，把她的創作文本的亮點，明確彰顯出來。她的評論為作家而寫，因而也是為讀者而寫，為她自己而寫。

　　張放先生長我二十歲，他離世八年，我常想起他，記起他經常在電話裡，以時而低沉時而激昂的山東口音，談著文壇大小事，對我關懷備至。我很高興能為他的愛女——張雪媃教授寫這篇書序。

李瑞騰，曾任國立台灣文學館館長、國立中央大學文學院院長，現為國立中央大學中文系教授兼人文研究中心主任。

自序／為作家寫的文學評論

張雪媖

　　這是一本為作家寫的文學評論集。

　　我堅定相信，第一流的頭腦創作，第二流的頭腦評論。最早的時候，我要走的是創作的路，從十二歲開始領稿費，那就是最大的快樂。後來，我去美國讀東亞研究所，開始寫論文，腦袋的結構就變了，開始三步一注釋，五步一書目，論文的樣板成了下筆第一考量，這是悲劇的開始。走上所謂學術的路，對一些人來說是至高理想，人生最大成就；對我來說，卻是啼笑皆非。從讀研究所、經歷碩博士科班訓練、入大學教書、持續寫文學評論到現在，將近四十年。人生的精華，全在學院中渡過了。我唯一自豪的是，從沒有放失文學創作的初衷，一直保持對作家的第一優先，而文學評論以及所謂學者這個稱謂，我永遠放在第二位。自己這一生沒有成為作家，不無遺憾，所以我轉而閱讀作家，推敲、研究、描

述、找出作家創作的精髓，以此成就自己的快樂，可能，是另類彌補吧。

　　我的評論，重在細細閱讀，讓作品自己說話，每個作家都有自己的一套文本，和他人截然不同，而我的工作就是找出每位作家的特殊性，把她作為一位作家的亮點明確彰顯出來。在寫作的時候，我一貫對作家說話，試圖讓她看到她筆下的世界是何樣貌。而我假想的讀者，首先是大眾，而非學術小圈，這樣的立場當然也來自我對文學創作的推崇，以及對學院的禮貌距離。在寫每一位作家的時候，我試圖徹底進入作家心靈，跟著她的文字脈絡悠遊她的精神世界，如同揣摩一個角色，我必須比她還了解她自己。在勾勒出作家的精髓時，我也時時警醒，應該站在一邊客觀評估作家，她這樣寫這樣做，在那樣的一個時期，具有怎樣的實質意義。有時候我的評論傾向推崇，有時候我的評論顯露批判，這都不是一開始就知道的，而總是寫到最終，我自己在詮釋過程中得到的啟發。只能說，做為文學評論者，我也必須對自己誠實，儘管有可能不那麼討好。

　　距離上一次出書，2013年的《當代華文女作家論》，又是八年過去。不知道為什麼我總要花八年寫成一書，相當慢，世新大學老長官羅曉南院長戲稱「八年抗戰」，當真如此。你若問我，為什麼是這幾位女作家？我只能說，機緣巧合是一，比方研討會的關係寫了謝冰瑩、單德興教授惠贈編著大作而閱讀書寫齊邦媛；好奇欣賞

是二，如這裡的香港作家西西、李碧華，台灣作家三毛；凝神觀察是三，像朱天文、朱天心姊妹。每一位作家都帶我邀遊了一個瑰麗的世界，都這樣快樂新奇，因為有她們的文字，我的人生得以豐饒。只希望我沒有誤讀這些作家，如果做了不公評論，還請作家海涵。當然你應該不會問我，為什麼是女作家？男作家呢？這一點我早在2005年第一本女作家評論集《天地之女——二十世紀華文女作家心靈圖像》就已說明，男作家，大家說得很多了，女作家，卻仍不夠，就是這樣簡單。

上一本書《當代華文女作家論》出版，為了我的爸爸張放（1932-2013），老作家在臨終看到那本書的打字稿，很高興。這一本書出版，我獻給我的媽媽蔡玉蓮（1940-2018），可愛的屏東女孩、海軍上尉護理官，一生督促自己的女兒成就事業。據爸爸說，媽曾看著我發表的文章，笑著流下眼淚，說：「這是我女兒寫的！」我知道，她會開心的。

在此特別感謝李瑞騰教授為本書寫序，李教授是我一直敬重的學者，因為他也有文人的感性，更覺親切。謝謝秀威資訊的持續支持，和編輯孟人玉小姐的協助。

目　次

晚年謝冰瑩：一個孤傲的文學景觀

　　作家謝冰瑩（1906-2000）早年致力打倒軍閥、反封建、反日，她是一位走在時代前端的陽剛知識女性。跨越包辦婚姻，超越三從四德，四次逃婚，登報解除婚約，她以「國」取代「家」，成為1926年北伐的現代花木蘭。謝冰瑩22歲以《從軍日記》一書成名，受到柳亞子、林語堂、汪德耀等人賞識提攜、聲名大振。這樣早發的謝冰瑩，她的晚年是何樣態呢？

　　謝冰瑩與中國舊社會的封建女性最大的不同點，正在她以國為家。獻身革命和解除婚約，是她早年奮鬥的兩大目標。對於傳統婦女的只有家而沒有國，她這樣評論：

　　　　至於在後方的女同胞，也有許多不良的表現，例如那些有錢的太太們，她們因為沒受良好的教育，認不清「國」和「家」的關係，而斤斤於自身和家庭的利益，沒

有盡其國民一份子所應盡的天職。[1]

時勢造英雄，促成謝冰瑩報國的背景，是動亂。先是有軍閥可反，後是有日本可反。她的人生光芒一貫建立在戰場上。謝冰瑩青年時代以戰地為家，她是中國文學史上絕無僅有歌頌（或者說享受）戰爭壯烈的作家，竟然還是一位女作家！〈戰地是我的家〉一文：

> 真的，故鄉這時不但有甜蜜的紅橘子可吃，而且青楓峽裡的楓葉，該是爛醉的時候。美麗的故鄉呵，我並不思念你，戰地就是我的家；戰士們的鮮血，是世間最壯美的鮮花。[2]

1937年寫於上海的〈戰地之夜〉裡說：「是的，這就是火線上悲壯的交響樂，我生平還是第一次聽到呢。」[3]謝冰瑩最怕的，就

[1] 謝冰瑩，〈附錄一：抗戰期中的婦女訓練問題——在中央廣播電台演講〉，謝冰瑩，《抗戰日記》（台北：東大圖書公司，1981），頁428-445，頁429。
[2] 謝冰瑩，《抗戰日記》，頁157。
[3] 謝冰瑩，《抗戰日記》，頁273。

是「後方」、「非戰時」，和這種生活狀態中的「消磨志氣」。而
縱觀她的一生，台灣師範大學退休以後移居美國，蟄居舊金山老人
公寓，腿傷折損行動力，在幽幽的歲月中念經禮佛，面對窗外異國
景色，遙想故鄉。這赫然是她早年懼怕的消磨志氣。晚年的謝冰
瑩，可說是牢中困獸。

　　1949年以後，中國分裂。北京成立中華人民共和國，中華民國
政府在台灣以戒嚴法維繫和平。1948年謝冰瑩來到台灣，這時，她
效忠的「國」變成偏安朝廷，她可以成為中華民國反共中堅，以她
的資歷，大可擔任公職，但是她嚴守了寫作與教學兩項主要工作，
沒有涉政，一直在台灣師範大學任教。在沒有戰爭的年代，她成為
學院教授，相夫教子；少年叛逆的湖南辣妹子，如今是愛心老師，
教新文藝、[4]寫兒童文學、注四書。謝冰瑩早在1945年就辦過幼稚

---

[4]　謝冰瑩堅持寫白話文，也致力於教白話文，她對於推廣白話文有貢獻。
　　〈我對於中學國文教材的淺見〉一文：「我把這些資料作一個統計之後，
　　知道中學生百分之九十五以上愛讀白話文；印象給他們最深的是朱自清的
　　『背影』。他們第一喜歡讀抒情文，其次是描寫記敘，最不高興的是議論
　　文。」「最後，我不贊成多選那些艱深的文言，使得讀者不但得不到好
　　處，反而摧殘了他們學習國文的興趣。教書的人也只能照課本朗讀，口
　　頭翻譯一遍完事；沒有時間詳細指導學生如何閱讀，如何搜集材料，如
　　何處理題材等等。」見謝冰瑩，《夢裡的微笑》（台北：光啟出版社，
　　1967），頁204-208，頁204，207。1966年〈從「驢鳴狗吠」談起〉一文
　　說：「因為我只會寫白話文，一直到今天還在挨罵。在我們師大，還有人

園、開始寫兒童文學，50歲皈依佛門，60歲那年（1966）寫道：

> 我在十年前，皈依了三寶，慈航老菩薩是我的師父。
> 我有悲天憫人的心懷，可惜我缺少救世救人的力量，唯有
> 將來在退休之後，以全心全力貢獻給佛教文學和兒童文
> 學，讓我的心靈永遠是恬靜的，聖潔的。[5]

　　她在年逾八旬曾說：「因為我現在已經是快八十六了，我還能夠活幾年？多活一兩年，活不了好久了。我還要做這件事情。因為小孩的信呀，還有很多。我想在死以前，還要出一本書，為小孩。」[6]謝冰瑩出版了多本兒童文學著作，包括1955年出版的《太子歷險記》、《動物的故事》、《愛的故事》，1963年出版的《仁慈的鹿王》、《給小讀者》，1964年的《南京與北平》，1966年的《林琳》、《小冬流浪記》，和1969年的《善光公主》等。然而，

公開在教室對同學們說：『學白話文的人是不通的，因為他們不懂文言，所以才寫白話！』還好，他只罵白話文的人不通，並沒有罵『驢鳴狗吠』真是太客氣了！」見謝冰瑩，《夢裡的微笑》，頁226-232，頁228。

[5]　謝冰瑩，〈平凡的半生〉，謝冰瑩，《冰瑩憶往》（台北：三民書局，1991），75-89，頁88。

[6]　孟華玲，〈謝冰瑩訪問記〉，收在閻純德、李瑞騰編選，《女兵謝冰瑩》（北京：人民文學出版社，2002），頁199-219，頁219。

謝冰瑩自我期許的佛教文學和兒童文學，實難稱她的名作，也就是
說，晚年謝冰瑩的文學成就，並非如她自己所期許。

　　謝冰瑩1972年赴美途中，在復興輪上右腿受傷，因而從師大退
休，離開台灣移居美國舊金山。從這時起，到她2000年過世，近30
年的長長歲月，她都住在舊金山。丈夫賈伊箴1988年心臟病過世
後，謝冰瑩甚且在舊金山老人公寓裡獨居了十多年。不得不好奇的
是，謝冰瑩這麼長的歲月為何從沒有回湖南故鄉探訪？特別是在中
華民國1987年解嚴之後，連在台灣「返鄉」都已成為大潮，在美國
的謝冰瑩卻始終沒有回返故鄉湖南謝鐸山。她寧可在舊金山金門大
橋邊的異國公寓裡，假想窗外就是故鄉，卻再也不回大陸。謝冰瑩
〈我愛「中國城」〉一文：

　　　　我真高興能夠找到這麼好的公寓；從客廳和臥室的視
　　窗望去，就是金門大橋和太平洋海灣。我每天把太平洋看
　　作碧潭，或者長江、湘江；把金門大橋，當作碧潭吊橋，
　　或者復興大橋。[7]

　　這是何等的堅決！叱吒風雲的謝冰瑩晚年孤獨病逝美國，她是

---

[7]　謝冰瑩，《冰瑩遊記》（台北：三民書局，1991），頁125-126。

求仁得仁？還是鬱鬱以終呢？

　　關於謝冰瑩為何不回故鄉，有許多不同揣測。可能，她對於自己的長女符兵在文革時期受到迫害無法釋懷，使得早年的立場後來真的改變，成了真心「反共」。[8]可能，她的丈夫賈伊箴反對她與大陸聯繫。[9]儘管一般對謝冰瑩的晚境，多少是同情或不解，[10]謝冰瑩堅守自己孤獨園地，絕不「葉落歸根」。

　　謝冰瑩早年四次逃離家鄉，她這樣寫第一次：「快活呀！離開了黑暗的牢獄！永別了，美麗的故鄉！」[11]第二次「天！這明明是

8　朱旭晨〈從自傳到他傳　謝冰瑩傳記研究〉一文站在謝冰瑩早年左傾立場出發，提出謝冰瑩聲稱始終擁護三民主義、從未反蔣，可能出自為自身安全著想。然而，也有可能她真的思想改變了。而此原因可能特別與女兒符兵在文革時期的被迫害有關。見周芬伶編選，《謝冰瑩（一九〇六-二〇〇〇）》【臺灣現當代作家研究資料彙編】54（台南市：台灣文學館，2014），頁241-278。

9　欽鴻〈謝冰瑩何以沒有返回祖國大陸〉一文提出：「特別是對於中國大陸，賈先生的態度非常抵觸，他不允許謝冰瑩與大陸的友人通信，有時見到來自大陸的信函，便要搶了去撕個粉碎。」見欽鴻，《文壇話舊》（上海：上海遠東出版社，2008），頁172-175，頁174。

10　吳一宏〈淒清──追憶與作家謝冰瑩的一次會晤〉一文說，謝冰瑩自稱從1974年由台灣到舊金山，幾乎沒寫任何東西，偶爾與教育界的朋友聯繫，她晚年的生活是孤獨寂寞的。見閻純德、李瑞騰編選，《女兵謝冰瑩》，頁112-120。

11　謝冰瑩，《女兵自傳》（台北：東大圖書公司，1980），頁128。

來抓我回去的惡魔，我詛咒他們，痛罵他們，痛罵他們是可惡的東西，為什麼好好的人不做，要做專制魔王的走狗。」[12]第三次：「謝鐸山的每個人，都在等著看一幕又喜又悲的趣劇。一個怪物！叛逆的女性，做了他們茶餘酒後的話題。整個的鄉村，都被這怪物轟動了！他們批評著，討論著，猜想著她未來的命運和前途。」[13]第四次：「普通一般新娘子上轎，都是先要哭紅眼睛，才算是個多情的姑娘。我本來可以不哭的，因為我對於這充滿了封建思想的家庭，不但沒有絲毫留戀，而且我十二分痛恨這個家，自然沒有眼淚可流；」[14]「永別了，我的故鄉！」[15]

　　對於少年謝冰瑩，家鄉就是封建禮教。她的絕然離家，無疑有著「不自由，毋寧死」的革命家殉道精神。這樣的一位革命女青年，她的自我定位極其鮮明，那就是絕不作舊社會的妻妾之輩，更不是塗脂抹粉，賣弄風情的女子。謝冰瑩15歲的處女作〈剎那的印象〉，寫的就是對「姨太太」這種身份的義憤。謝冰瑩的新女性，第一基本要求就是能夠獨立自主，不靠任何人，只靠自己的勞力賺取生活，而且，絕不因虛榮而向金錢低頭，走向交際花之路。〈怎

---

[12] 謝冰瑩，《女兵自傳》，頁137。
[13] 謝冰瑩，《女兵自傳》，頁142。
[14] 謝冰瑩，《女兵自傳》，頁145。
[15] 謝冰瑩，《女兵自傳》，頁158。

樣寫從軍日記和女兵自傳〉裡，謝冰瑩這樣寫道：

> 　　我想：看過這本書的人，一定有不少的人罵我是叛
> 徒，是怪物，是一個不安守本分的女孩子；更有那些道學
> 先生，說不定會給我加上許多罪名。我心裡又高興，又難
> 過，真是矛盾極了！可是我一點也不害怕，我覺得以一個
> 天真純潔的鄉下姑娘，來和有五千多年歷史的封建思想作
> 戰，她怎能不遭人忌妒，不遭人批評呢？我之所以經過千
> 辛萬苦要離開家跑到外面的主要目的是求學，尋找自由，
> 求自我獨立，不倚賴別人。[16]

　　這種對女性真實、樸素、勤奮，或者簡單說，「勞動人民」本
質的讚美，謝冰瑩終其一生沒有改變。〈女苦力〉一文，謝冰瑩這

---

[16] 〈怎樣寫從軍日記和女兵自傳〉接著說：「我沒有絲毫虛榮心，更不敢往
墮落的方向著想，在十里洋場的上海，以一個單身女子能夠自始至終不向
金錢物質投降，寧願忍受三天三夜的饑餓，喝自來水當飯吃，這一段生
活，如今回憶起來，有無限的辛酸，也有無限的快樂，這是值得我驕傲
的，我沒有像那幾位主張『識時務者為俊傑』的小姐一樣，走上交際花、
明星之路，過著燈紅酒綠糜爛的生活；在自傳裡，上海亭子間和北平女師
大一段生活，是最能賺人眼淚的文章。」謝冰瑩，《我的回憶》（台北：
三民書局，1967），頁153-154。

樣寫道：「以強壯的勞力換取自己的吃穿，她們是獨立的人，真正的生產者，神聖勞動的女苦力！」[17]〈今日的馬祖婦女〉一文：「在馬祖，你絕對看不見一個妖裡妖氣的女人，眼睛舒服極了！她們在戰鬥的馬祖生活，一切都簡單樸素；更能吃苦耐勞。我們看到打漁的船回來了，於是婦女們便趕快去幫忙洗蝦皮、抬蝦皮，能負重擔，動作敏捷，比起那些吃飽了飯，整天坐在麻將桌子上浪費大好光陰的婦女，她們是太偉大了！」[18]

如此看來，1963年謝冰瑩提議開除作家郭良蕙，許多學者至今仍感困惑，[19]其實，她這樣做是有跡可尋的。郭良蕙的《心鎖》在當年可能逾越檢查尺度，但是真正造成謝冰瑩不滿的，郭良蕙的美貌和打扮可能多於這本小說的內容。她是這樣檢舉的：「提案人認為郭良蕙長得漂亮，服裝款式新穎，注重化妝，長髮垂到腰部，既跳舞又演電影，在社交圈活躍，引起流言蜚語。」[20]謝冰瑩無法容

---

[17] 見李德安主編，《謝冰瑩散文集》（台北：金文圖書有限公司，1982），頁30。

[18] 謝冰瑩，《冰瑩遊記》，頁170。

[19] 應鳳凰教授在〈馳騁沙場與文壇的不老女兵〉裡談到「心鎖事件」，她說，謝冰瑩在1960年代與蘇雪林聯手抨擊郭良蕙的小說《心鎖》，批評內容荒淫有損社會風氣，導致《心鎖》被禁，郭良蕙被三個文學社團退社，「這卻又與她的作風背道而馳，另人費解。」見應鳳凰，《文學風華——戰後初期13著名女作家》（台北：秀威資訊，2007），頁57-68，頁62。

[20] 見周芬伶，〈女性自傳散文的開拓者 謝冰瑩的散文研究與歷史定位〉，

忍舊社會模式的女性矯揉姿態，立場始終一致；至於當代學者注意的女性「性自主」，質疑為何謝冰瑩會在這一項上回歸父權的保守，壓制女性情色書寫，我想還有商榷餘地。謝冰瑩早年的女性解放，包括逃婚、三度革命夫妻，然後才與賈伊箴結婚。她堪稱女性「性自主」的早期典範。性，不是問題，問題是必須有她所界定的「愛情」，而此「愛情」又來自五四以後，男女志同道合的「革命情感」。謝冰瑩的遊記散文〈釣絲岩〉，提出一個耐人尋味的話題：清末革命烈士秋瑾（1875-1907）和南北朝錢塘名妓蘇小小（479-502）的比較。她說：

> 　　我不懂這是一種什麼心理，難道一個革命烈士還不如一個妓女嗎？秋瑾的墓，衰草淒淒，無人過問，石碑上的字，早已模糊不清；而蘇小小的墓，朱紅漆的亭子，洋灰做的墳堆，五個金碧輝煌的「蘇小小之墓」，是那麼耀人眼目，富麗堂皇；為什麼沒有人去打掃去修築秋瑾的墓呢？[21]

　　毫無疑問，女兵謝冰瑩的自我定位正是革命家，她作為革命知

周芬伶編選，《謝冰瑩　臺灣當代作家研究資料彙編54》，頁117-139，頁125。
[21] 謝冰瑩，《夢裡的微笑》，頁106。

識女性的核心價值，正在不入傳統女性「以色事人」的框架。至於情色書寫是否就代表女性的「性自主」，各家說法不同，在革命女青年謝冰瑩的視野中，必然是否定的。如此說來，謝冰瑩始終不變的，竟然是她堅持了孤傲的秋瑾精神，〈滿江紅·小住京華〉裡的：「俗子胸襟誰識我？英雄末路當磨折」，寧可孤獨以終，也不背叛初衷，那個初衷，恰恰是傲視傳統女流的決然陽剛。她是比男人還男人的革命家。

謝冰瑩和賈伊箴相守數十年，夫妻情深，兒孫滿堂，晚年是慈愛「賈奶奶」，為年輕人解惑、寫兒童文學。但是，為什麼她留給文壇的最終印象，竟然是舊金山養老院裡，孤獨寂寞的晚年謝冰瑩呢？可能，大家都以俗子胸襟揣度她了。謝冰瑩本來就不是家庭婦女，卻因緣際會走入了家庭，做了妻子母親。然而堅定離家的叛逆少女，老來仍不在「家」的框架中安居。與其說她令人不忍，不如說她選擇如此。故鄉，是堅持不回去了。國家，早已分裂，各自安定。1926年參加北伐的女兵謝冰瑩，她如此愛國，晚年無國可報。動亂造就了女兵謝冰瑩，和平埋葬了女兵謝冰瑩。晚年謝冰瑩，每天望著窗外舊金山的霧，內心是何風景，著實耐人尋味。大家懷疑謝冰瑩老來得了失憶症，記不清事情。也許，失憶只是掩蓋遺憾。謝冰瑩孤傲的晚年，是中國現代史造就的奇異景觀。

*本篇收在：〈晚年謝冰瑩：一個孤傲的文學景觀〉。《國文天地》365（2015年10月）：39-44。

引用書目

謝冰瑩。《夢裡的微笑》。台北：光啟出版社，1967。

———。《我的回憶》。台北：三民書局，1967。

———。《女兵自傳》。台北：東大圖書公司，1980。

———。《抗戰日記》。台北：東大圖書公司，1981。

———。《冰瑩憶往》。台北：三民書局，1991。

———。《冰瑩遊記》。台北：三民書局，1991。

閻純德、李瑞騰編選。《女兵謝冰瑩》。北京：人民文學出版社，2002。

周芬伶編選。《謝冰瑩（一九〇六–二〇〇〇）》【臺灣現當代作家研究資料彙編】54。台南市：台灣文學館，2014。

欽鴻。《文壇話舊》。上海：上海遠東出版社，2008。

李德安主編。《謝冰瑩散文集》。台北：金文圖書有限公司，1982。

應鳳凰。《文學風華——戰後初期13著名女作家》。台北：秀威資訊，2007。

齊邦媛記憶的烽火愛情歲月

　　齊邦媛（1924-）2004年出版《一生中的一天：齊邦媛散文集》，作者介紹首先是如下文字：

> 　　武漢大學外文系畢業，美國印第安那大學研究。曾任國立台灣大學外文系助教，並任國立中興大學外文系主任。民國七十七年從台灣大學外文系教授任內退休，為國立台灣大學外文系名譽教授。曾任美國聖瑪麗學院、舊金山加州大學訪問教授，德國柏林自由大學客座教授，中華民國筆會英文專刊（The Chinese Pen）總編輯。[1]

　　這當然是一位典型「學院人」的生平。齊邦媛幾乎一生在學院中渡過，曾是高中老師、大學教授，任職過國立編譯館，出版

----

[1] 　見齊邦媛，《一生中的一天：齊邦媛散文集》（台北：爾雅，2004），
　　頁261。

過兩本文學評論集：1990年的《千年之淚：當代台灣小說論集》和1998年的《霧漸漸散的時候：台灣文學五十年》、一本散文集：2004《一生中的一天：齊邦媛散文集》，主編過多種中國現代文學選集，促成許多中書外譯的國際交流項目。[2]但齊邦媛又不完全是

2　齊邦媛編有《中國現代文學選集》詩、散文、小說卷三冊，《吳魯芹散文選》，《中英對照讀台灣小說》，《最後的黃埔》，並主編《中國現代文學選集》英譯本上、下冊，《中華現代文學大系》小說卷五冊，另有英文評論譯述多種。見齊邦媛，《一生中的一天：齊邦媛散文集》，頁261。在中書英譯方面，1972年秋《中華民國筆會季刊》（*The Chinese PEN*）正式創刊，首任總編輯是殷張蘭熙，齊邦媛擔任顧問。1973年初，齊邦媛邀余光中、李達三、何欣和吳奚真等，在「我們台灣文學很重要」的共識下，初步計畫選譯1949年至1974年台灣出版的新詩、散文和短篇小說約七十萬字，推上國際文壇。後來翻譯的成果包括：王禎和，《玫瑰玫瑰我愛你》Wang Chen-ho, *Rose, Rose, I love you*（1998年4月）、鄭清文，《三腳馬》Cheng Ch'ing-wen , *Three-Legged Horse*（1998年11月）、朱天文，《荒人手記》Chu T'ien-wen, *Notes of a Desolate Man*（1999年5月）、蕭麗紅，《千江有水千江月》Hsiao Li-hung, *A Thousand Moons on a Thousand Rivers*（2000年2月）、張大春，《野孩子》Chang Ta-chun, *Wild Kids: Two Novels About Growing Up*（2000年8月）、李喬，《寒夜》Li Qiao, *Wintry Night*（2001年3月）、黃春明，《蘋果的滋味》Huang Chun-ming, *The Taste of Apples*（2001年4月）、張系國，《城三部曲：五玉碟、龍城飛將、一羽毛》Chang His-kuo, *The City Trilogy: Five Jade Disks, Defenders of the Dragon City, Tale of a Feather*（2003年9月）、李永平，《吉陵春秋》Li Yung-p'ing, *Retribution: The Jiling Chronicles*（2003年9月）、齊邦媛、王德威編，《最後的黃埔》Chi

一位「學者」，她在八五高齡，出版耗時四年寫成的回憶錄《巨流河》，以見證姿態寫下她走過的戰火中國。我們如何定位這一位多面向文化人，中國現代知識女性？

在這樣一個時代，他們說了什麼？

如果說所謂「學術研究」，是蒐集前人研究文獻，仔細閱讀整理，條理出已成規模，再依此規模上加上個人一二條目，切忌少讀、慎勿多言；又在各自學派中標榜一二大家，刻意膜拜高抬，依

Pang-yuan, David Wang eds., *The Last of the Whampoa Breed*（2003年12月）、施叔青，《香港三部曲》Shih Shu-ching, *City of the Queen: A Novel of Colonial Hong Kong*（2005年6月）、陶忘機編，《原住民文學》*Indigenous Writers of Taiwan*（2005年6月）、吳濁流，《亞細亞孤兒》Zhuoliu Wu, *Orphan of Asia*（2006年1月）、平路，《行到天涯》Ping Lu, *Love and Revolution*（2006年9月）、張貴興，《我思念的長眠中的南國公主》Zhang Guixing, *My South Seas Sleeping Beauty*（2007年3月）、朱天心，《古都》Chu T'ien-hsin, *The Old Capital*（2007年4月）、郭松棻，《奔跑的母親》Guo Songfen, *Running Mother and Other Stories*（2008年10月）等。見單德興，〈齊邦媛──台灣文學的國際推手〉，原刊於《自由時報》，2009年7月7-8日，D13版，收在單德興編選，《齊邦媛》【臺灣現當代作家資料彙編】68（台南市：台灣文學館，2015），頁167-174，頁171-173。

附於此人羽翼之下，那麼齊邦媛就絕不是一位這類「學者」。[3]她說過，最想做的是創作。[4]正因此，齊邦媛的文學評論最大特點就是感動人，一腔熱血，敢說真話。齊邦媛所服膺的文學研究精神首先是法國泰恩（Hippolyte Taine，1828-1893）提出的文學「三環說」，她在《千年之淚：當代台灣小說論集》的〈自序〉中說：「西方文學理論流派眾多，但泰恩所持文學三要素時代、民族、環境，仍具支配性地位。」[5]齊邦媛在多處重複一個問題，那就是：

---

[3] 香港作家謝曉虹（1977-）形容學院的文字極為絕妙：「現在教授X已經不再寫作了，只寫那種小心翼翼的論文，躲在各種理論語言背後，複述、演繹，避免提出過於大膽的想法，避免真正的惹人注意。幸好，學院的堡壘基本上就是由或大或小的迴聲所組成的，一個巨人大喊一聲以後，它的迴響大概便足夠讓一堆學者述說一世紀之久，他們以不同的方式和音、合唱，抓著巨人的影子，好成為他所庇蔭的一部分。教授X痛恨自己的同行（也許比痛恨自己更多一點點），然而，這些痛恨畢竟都並不徹底——從某些方面看來，大學正因為它的平庸個性，成了最理想的隱居之地，也許還是一個人遺忘和埋葬自己的最佳去處。」見謝曉虹，〈旅人〉，《香港文學》379（2016年7月）：22-25，頁25。

[4] 蔡素芬〈尋找內心的聲音——附錄〉一文說道：「筆會編務及瑣事仍令她忙碌終日，但是相伴閱讀人生而來的，是日益急切的創作慾望。『我的第一理想是創作。』她心中又如此近似吶喊的聲音，急於將在動盪大時代存活的人生經驗，以文學形式呈現。」見蔡素芬，〈尋找內心的聲音——附錄〉，原載《聯合副刊》4/7/1997，收在齊邦媛，《一生中的一天：齊邦媛散文集》，頁249-260，頁259。

[5] 見齊邦媛〈自序〉，《千年之淚：當代台灣小說論集》（台北：爾雅，

在一個時代，作家說了什麼？他們怎樣記憶了自己的那個時代。例
如在論司馬中原（1933-）《荒原》、姜貴（1908-1980）《旋風》
和紀剛（1920-2017）《滾滾遼河》時，齊邦媛說這三本書都以雄渾
筆觸寫苦難和不屈的奮鬥，她強調：「我認為文學史上的重點先是
『在這樣一個時代，他們說了什麼？』」[6]

　　本此「忠於時代」的精神，齊邦媛曾經把潘人木（1919-2005）
的《蓮漪表妹》和鹿橋（1919-2002）的《未央歌》做一個對比。同
樣寫抗日戰爭時期的大學生，鹿橋筆下的大學青年男女無憂無慮，
對於他們身處的烽火年代毫無感覺，仿佛擦身而過，根本不在同一
時空。齊邦媛〈與時代若即若離的「未央歌」〉一文，直接說：
「為何會如此全無憂患意識呢？是誰在投彈，炸的又是誰？即是中
國人，又是大學生，怎會有如此怪誕冷酷的戰爭觀？」[7]談潘人木

1990），頁1-4，頁2。這裡的文學「三環說」引自Wellek & Warren《文
學理論》：「Taine的著名：『race種族，milieu環境和 moment時限，文
學三環說』，實際指引學者對環境做廣泛研究。」見Rene Wellek & Austin
Warren著，梁伯傑譯，*Theory of Literature*《文學理論》（台北：水牛出
版社，1987），頁145。

[6]　見齊邦媛〈震撼山野的哀痛：司馬中原《荒原》〉，原載《中外文學
月刊》（1974年4月號），收在齊邦媛，《千年之淚：當代台灣小說論
集》，頁75-88，頁88。

[7]　見齊邦媛，〈與時代若即若離的「未央歌」〉，原載《聯合副刊》
7/5/1987，收在齊邦媛，《千年之淚：當代台灣小說論集》，頁49-57，

的《蓮漪表妹》，齊邦媛1988年〈烽火邊緣的青春：潘人木《蓮漪表妹》〉一文說：「〈蓮漪表妹〉的大學生生活幾乎毫無歡樂的氣氛，校園上似乎沒有花，只有冰雪。作者潘人木用幾近悼念的心情紀錄了一個謬誤的青春。她的手法看似寫實，卻處處蘊含著嘲諷和悲憫。」[8]潘人木寫的是抗戰期間大學生的理想和愛國熱情，他們的痛苦和犧牲，他們實際走過苦難，哪裡有《未央歌》裡的歡樂心情？2005年，齊邦媛〈蓮漪，你往何處去？──再寄潘人木女士〉一文再重申：

> 一九八八年，在紀念抗日戰爭開始的五十一周年紀念日，聯合副刊刊登出了我讀潘人木作品的〈烽火邊緣的青春〉一文，那時蓮漪已為文壇熟知三十多年，我是將她與我一年前寫的〈與時代若即若離的《未央歌》〉作對照，想說的是文學創作應如何「忠」於時代──八年抗戰的時代。這兩本以大學生活為主題的著名小說卻敘說著全然不

頁53。

[8] 見齊邦媛，〈烽火邊緣的青春：潘人木《蓮漪表妹》〉，原載《聯合副刊》7/7/1988，收在齊邦媛，《千年之淚：當代台灣小說論集》，頁59-73，頁62。

同的故事。[9]

　　無疑，齊邦媛對《未央歌》的逃避現實、創造假想桃花源無法認同，而主張直面人生，記憶一個真實的世代，儘管它不那麼美好。

　　潘人木是反共的，《蓮漪表妹》這本小說寫出了政治激情造成的傷害，一般常和姜貴《旋風》同列台灣一九五〇年代反共文學。在政治立場上，齊邦媛也明確是反共的，她親身經歷過共產思想如何滲透入大學，以及政治立場如何造成分裂。在《巨流河》中，齊邦媛特別寫了聞一多（1899-1946）這位詩人教授：

　　　　我記得常聽父親說，一個知識分子，二十歲以前從未迷上共產主義是缺少熱情，二十歲以後去做共產黨員是幼稚。我常想聞一多到四十五歲才讀共產制度（不是主義）的書，就相信推翻國民黨政權換了共產黨可以救中國，他那兩年激烈的改朝換代的言論怎麼可能出自一個中年教授的冷靜判斷？而我們那一代青年，在苦難八年後彈痕未修

9　見齊邦媛，〈蓮漪，你往何處去？──再寄潘人木女士〉，原載《聯合報》11/20/2005，收在齊邦媛，《霧起霧散之際》（台北市：遠見天下文化，2017．08），頁301-305，頁302。

的各個城市受他激昂慷慨的喊叫的號召，遊行，不上課，
不許自由思想，幾乎完全荒廢學業，大多數淪入各種仇恨
運動，終至文革……。身為青年偶像的他，曾經想到衝動
激情的後果嗎？[10]

　　這裡牽引出齊邦媛極引人深思的一個主張，她說台灣「反共
懷鄉文學」是中國大陸1976年文革結束後出現的「傷痕文學」的序
曲，這兩種文學有一個共同點，就是寫政治造成的苦難。1989年齊
邦媛發表〈千年之淚：反共懷鄉文學是傷痕文學的序曲〉，重新為
當時幾乎為人遺忘的「反共文學」正名。這裡她開宗明義地說，文
學是一個民族集體的回憶紀錄，而傷痕文學讀來似曾相識，因為寫
的都是中國現代的苦難。[11]一九八〇年代中期，大家熱烈吹捧傷痕
文學時，齊邦媛提出：

　　　「傷痕文學」和三十多年前的「反共懷鄉文學」中苦
　　難的形式和無意義（senselessness）是如此相似！不僅都寫

---

[10] 見齊邦媛，《巨流河》（台北：遠見天下，2009），頁238。
[11] 見齊邦媛，〈千年之淚：反共懷鄉文學是傷痕文學的序曲〉，原載《聯合
　　副刊》7/26-27/1989，收在齊邦媛，《千年之淚：當代台灣小說論集》，
　　頁29-48，頁30-31。

離散、迫害和飢餓，也都是認命吞聲之作，沒有真正的抗
議，連強烈地問「為什麼受苦難？」都沒有。頗有自虐的
「美德」。[12]

　　多麼一針見血的警言！自反共懷鄉文學到傷痕文學，充斥的是
傾軋、陷害、出賣，見證的都是抽離了愛的世界。沒有反省、沒有
抗議，為什麼苦難？為什麼停留在苦難，還以此自豪？這裡齊邦媛
寫1985年在德國西柏林教書時，一次波昂與科隆中國同學會主辦的
文學座談會上，旅歐中國作家說：「台灣有些文學技巧，但沒有大
陸的『大時代』！」對此齊邦媛寫道：「我則認為他們那樣的苦難
歲月怎能稱之為大時代？多年以飢餓、貧窮、猜忌、離散為題材的
文學又有何優越之處？台灣的反共懷鄉文學中拔根之痛，歷史意義
之大，勝過傷痕文學。」[13]齊邦媛認為，社會情勢變好之後，正常
社會的其他題材應取代苦難，永遠停留在苦難絕非優越。為什麼沒
有想從苦難中提升，改變命運，進而達到人與人之間愛的連結？那
才是所有世界文學的最高宗旨。
　　齊邦媛這一代，出生於上個世紀的二〇年代，青少年時期遭
逢八年抗日戰爭（1937-1945）、四年國共內戰（1945-1949），

---

[12] 見齊邦媛，〈千年之淚：反共懷鄉文學是傷痕文學的序曲〉，頁44。
[13] 見齊邦媛，〈千年之淚：反共懷鄉文學是傷痕文學的序曲〉，頁47-48。

緊接著是中國現代史上的1949大分裂，國民黨渡海來台，共產黨
在北京成立中華人民共和國。她這樣形容自己的青春年代：「我
有幸（或不幸）生在革命者家庭，童年起耳聞、目見、身歷種種
歷史上悲壯場景，許多畫面烙印心中，後半世所有的平靜及幸福
歲月的經驗，都無法將它們自心中抹去；這當中，最深刻、持久
的是自十三歲到二十歲，在我全部成長的歲月裡，日本人的窮
追猛炸。每一天太陽照樣升起，但陽光下，存活是多麼奢侈的
事。」[14]這一代中國人，他們的青春歲月沒有太平盛世，有的是顛
沛流離的戰亂殘酷，他們的人生視野和人格特質不同於承平歲月
的人，當然就是憂患意識以及強韌生命力，說得更精準些，就是
深知「苦難」二字。古遠清在〈台灣當代女評論家論〉一文中確
切點出：「齊邦媛雖不是搞創作的，但她的評論和她的悲憫的感
情色彩、孤寂的獨特生活道路有密切的關係。與其說她是在肯定
『反共懷鄉文學』，不如說是肯定齊邦媛自己帶有苦難色彩的一
生。」[15]

---

[14]　見齊邦媛，《巨流河》，頁142。
[15]　見古遠清，〈台灣當代女評論家論〉，單德興編選，《齊邦媛》【臺灣現
　　　當代作家資料彙編】68，頁179-183，頁180。

文學的感動

　　齊邦媛做為一位現代教育家和學者，最令人感到特殊的就是她強調文學是有溫度的，她這樣解說：

　　　　我教書很重視文學感覺，這也是朱光潛老師的作法。我在書裡寫道，朱老師上著上著課，眼淚一串串流，把眼鏡摘下來，然後把書闔上，拿了書就離開了教室，因為他已經不能再念下去了，全班人目瞪口呆，因為我們心目中的他很兇，但怎麼會這樣？就因為他太動感情了。[16]

　　朱光潛（1897-1986）的精神感動了她，也讓她承襲了這種「文學的感動」，把它帶入自己的課堂。[17]同時，齊邦媛在《巨流河》

[16] 見單德興、汪智明，〈曲終人不散，江上數峰青：齊邦媛訪談錄（節錄）〉，原載《英美文學評論》22（2013年6月），收在單德興，《卻顧所來徑》（台北：允晨文化，2014年11月），及單德興編選，《齊邦媛》【臺灣現當代作家資料彙編】68，頁185-199，頁191。

[17] 陳芳明，〈巨河回流〉一文有如下文字：「齊老師在台灣對學生傳道、授業、解惑時，可能在適當時機也引渡了朱光潛的人格與風格。她的身教言教在大時代裡慢慢成型塑起來，從而也建構了她的文學態度。她上課時言

中還有這樣的話：「『溫暖』，在東北人心裡是個重要的因素，那是個天氣嚴寒、人心火熱的地方，也是個為義氣肯去拋頭顱灑熱血的地方。」[18]請注意，這個「感動」和「溫暖」，正是使得她對後來引進的理性冷靜「新批評」方法不敢苟同的原因。[19]齊邦媛認為，一九七〇年代引進新批評後，大家失去了創作的熱忱，只注意文學技術，而這種風氣影響所及，甚至使得她的回憶錄遲遲無法動筆，她這樣說：

　　　　我坦白地說，從顏元叔他們回來以後，外文系被革新

談中閃爍的智慧火花，當時在成長過程中與知識追求中慢慢釀造提煉。」原載《聯合報》8/3/2009，收在齊邦媛，《洄瀾：相逢巨流河》（台北：遠見天下，2014），頁40-43，頁41。

[18] 見齊邦媛，《巨流河》，頁325。

[19] 齊邦媛在〈初見台大〉一文中這樣說：「『朱顏改』對外文系最明顯的效果是西洋文學理論成為教學的主流，『現代文學』時代的創作熱情漸漸被學術研究的冷靜所代替，他們所推崇的『新文學批評』認為作品本身應該是研究的主要對象，各科教學也採用最新的原文教科書和作品，羅斯福路上的幾家教科書出版社如歐亞、雙葉、書林等都大量以照相版先盜印（後漸去取得版權）許多重要作品，盛況可稱空前。」這裡「朱顏改」指的是朱立民（1920-1995）和顏元叔（1933-2012）兩位教授在台大外文系所做的一些改變。見齊邦媛，〈初見台大〉，原載《自由副刊》12/16-17/2002，收在齊邦媛，《一生中的一天：齊邦媛散文集》，頁15-33，頁31。

為「現代化的」外文系，可是像師生間的文學交流和文學
感動沒有了，年紀輕的學生像寫《台北人》那種東西的勇
氣也沒有了，靈感給嚇跑了。開始尊崇新批評以後，我
們很少有用感覺寫文章的學生，這也已經三、四十年了。
《巨流河》這本書寫得這麼晚也許與這也有關係，因為比
較文學剛成立的時候新批評當道，你不能寫這種東西，會
被說成簡直是哭哭啼啼的幹什麼，我自己也缺少自信。[20]

　　一直到新批評成了明日黃花，2005年開始，齊邦媛才開始放手
寫她充滿感情、感覺、感動的回憶錄《巨流河》。熱血東北人齊邦
媛，本來想創作的知識女性，一生在學院裡和諸多玩冷知識的學者
為伍，她必須等到66歲才出版第一本學術著作《千年之淚：當代台
灣小說論集》，74歲出版第二本學術著作《霧漸漸散的時候：台灣
文學五十年》，80歲出版第一本散文集《一生中的一天：齊邦媛散
文集》，85歲出版自己哭哭啼啼的回憶錄《巨流河》。難怪這些書
名都有那麼點「文藝腔」，當真不是所謂「學術」慣用語彙，齊邦
媛真的是等了很久，看盡了學界現象。

　　這使人想到她曾經為中學國文教材做重大改革，那就是把許多

---

[20] 見單德興、汪智明，〈曲終人不散，江上數峰青：齊邦媛訪談錄（節
　　錄）〉，頁195。

政治性的官樣文章刪除，取代以文學作品，這當然也是回歸文學感動人的第一本質。齊邦媛在回憶錄《巨流河》中談及一九七○年代國民中學一年級國文課本的內容，一開始就是蔣中正〈國民中學聯合開學典禮訓詞〉、孫文〈立志做大事〉，接著是〈孔子與弟子言志〉、〈民元的雙十節〉、〈辛亥武昌起義的軼聞〉、〈示荷蘭守將書〉、〈慶祝臺灣光復節〉、〈國父的幼年時代〉等。她感歎：「政治色彩之濃厚令我幾乎喘不過氣來，更何況十二、三歲的國一學生！是什麼樣的一群『學者』，用什麼樣『政治正確』的心理編出這樣的國文教科書？」[21]這種敢做敢當的正義感，是齊邦媛的明確特質。在她眼中，「教育」是提升國民素質的第一管道，而這樣的信念，來自她的父親齊世英（1899-1987）的啟發。[22]

齊邦媛青少年時期正是中國政治喧囂的年代，她卻貫徹始終和政治保持一定的距離，選擇了文學，而且主要是浪漫主義時期的西洋文學。回憶大學時期，她說：「我堅持選讀《神曲》是一個大大的逆流行為，在很多人因政治狂熱和內心苦悶，受惑於狂熱政治文學的時候，我已決定要走一條簡單的路。我始終相信救國有許多道

---

[21] 見齊邦媛，《巨流河》，頁409。

[22] 齊邦媛說：「這也是為什麼我的父親從德國海德堡大學歸來，決定投入教育，因為唯有教育，才能提升人民的素質，不會被軍閥和列強決定fate！」見齊邦媛，《洄瀾：相逢巨流河》，頁157。

路。在大學最後一年，我不選修『俄國現代文學』而選修冷僻的
《神曲》，對我以讀書為業的志願，有實質的意義。」[23]1968年齊
邦媛去美國印第安納大學讀書，選了兩次史詩（Epic）的課。齊邦
媛在台大教碩士班學生高級英文，規定必讀赫胥黎（Aldous Leonard
Huxley，1894-1963）《美麗新世界》（*Brave New World*，1932）和
歐威爾（George Orwell，1903-1950）《一九八四》（*Nineteen Eighty-
Four*，1949），這兩本小說同被認為是反極權或反共最成功的文學
作品。台灣「國家文學館」的成立，齊邦媛從1991年起與幾位專家
學者往台中、台南、高雄等地探勘館址，決定在台南設館，幾經波
折，才在2003年成立。齊邦媛獨創「眷村文學」、「老兵文學」、
「二度漂泊的文學」等詞彙，已廣為大眾接受引用，齊邦媛可以說
是一位貫徹始終強化文學、淡化政治的文化人，她默默耕耘，做
了許多事。注意這裡她說「以讀書為業的志願」，甚至她還說過：
「我希望我死的時候，是個讀書人的樣子。」[24]從她抗戰時期質疑
親共文人聞一多，到她肯定潘人木《蓮漪表妹》寫共產主義如何摧
殘純潔大學生，以及她後來對台灣泛政治國文教材的革新，都顯示
出一個信念，那就是政治狂熱是謊言，文學感動才是永恆。

---

[23] 見齊邦媛，《巨流河》，頁274。
[24] 見簡媜，〈書房裡的星空〉，原載《聯合文學》2013年2月號，收在齊邦
媛，《洄瀾：相逢巨流河》，頁160-177，頁176。

台灣 vs. 東北

　　齊邦媛對推動台灣文學不遺餘力，也因為她信奉泰恩的文學三要素：時代、民族、環境。他們這一代的中國人到底歸屬何處，才是她認真思索的問題，毫無疑問，齊邦媛選擇了台灣，一如她的父親齊世英選擇了台灣。這是因為他們不覺得回到大陸會是家了，大陸變了，不再是他們記憶中的大陸，這正是一代人的集體悲哀。也因此她才會問：張愛玲到底是哪裡的作家？齊邦媛1993年〈二度漂流的文學〉提出：「在中國大陸以外地區，張愛玲被多數評者認為是二十世紀中國最優秀、最重要作家。但在文學史上，至今不知她屬於那裡？」[25]她明明不是台灣作家，寫的不是台灣的故事，她的作品多在香港與台灣出版，台灣數代讀者都熱誠支持她，但張愛玲根本沒住過台灣，只有1961年曾來台短暫參訪。一般人不會特別關注這個問題，而齊邦媛如此在乎，正因為她不斷追問：作家寫的是什麼時代，什麼人的故事？齊邦媛分析，張愛玲作品分為兩類：「閨閣小說」和「反共小說」，都不見容於中國大陸，她總結：

---

[25]　見齊邦媛，〈二度漂流的文學〉，原載《聯合報》6/26-27/1993，收在齊邦媛，《霧漸漸散的時候：台灣文學五十年》（台北：九歌，1998），頁197-214，頁198-199。

　　　　她在中國當代文學史上尚無應有的地位。她既不屬於
　　大陸的中國文學史，又未在台灣居住，而不便被列入台灣
　　文學史，在美國數十年間並無著作，很難被稱為「海外華
　　人作家」，那麼，張愛玲這種重要的作家屬於那裡？何時
　　才能停止漂流？[26]

　　齊邦媛沒有明說，「張愛玲現象」當然是台灣出版商和文評者
合作的結果，吹捧幾位根本和台灣沒有任何關係的作家，除了規劃
經濟利益，也順勢把一些弱勢作家直接抹去。

　　關於台灣文壇的「大陸熱」，齊邦媛有她的看法。她說：「在
一九八五年左右，台灣文壇突然染上了大陸熱。一時之間，讀者評
者爭誦幾本大陸作品，常常令人有不知置身何處之感。幸好我們仍
有一些自顧耕耘的作家，耕出了自己的新天新地，給台灣的文學創
作帶來大有發展的遠景。」[27]無疑，「不知置身何處」，是因為我
們在台灣，卻哄抬大陸人寫大陸的作品，不符合她要求的時代、民

---

[26] 見齊邦媛，〈二度漂流的文學〉，頁199。

[27] 見齊邦媛，〈《中華現代文學大系・小說卷》序〉（台北：九歌出版社，
　　1993），收在齊邦媛，《霧漸漸散的時候：台灣文學五十年》，頁89-
　　113，頁109。

族、環境，文學三要素。其實，對大陸作家，齊邦媛以1947年來台大陸人身分，竟是早有覺醒。《巨流河》中她說：

> 在台北，一九八〇年代後期，新地、洪範、遠流等出版社，出版許多大陸作家作品，最早是阿城《棋王樹王孩子王》，然後王安憶、莫言、余華、蘇童、張賢亮等相繼出現。這些作家也都來台北參加大大小小的會議，雖然彼此認識一些可以交談的朋友，但「他們」和「我們」內心都明白，路是不同的了。[28]

好一個「路是不同的了」。《洄瀾：相逢巨流河》裡有「來函」一章，其中43則吳嘉敏女士來函，附上Anobii〈愛書人網站〉一文：〈好看的老人〉2004.7.19。此文作者紀錄參加中央研究院「台灣文學與世界文學」會議，最後一天「翻譯台灣」主題，有大陸學生提問：台灣文學和大陸文學有何不同？看到台下白髮齊邦媛舉手，站起來從容地回答，她的回答令這位作者熱淚盈眶。齊邦媛當時這樣說：

---

[28] 見齊邦媛，《巨流河》，頁490。

　　請容我來回應這個問題。我從幾十年前開始推動台灣文學外譯。台灣文學和大陸文學有什麼不同？請大家想一件事。從一九六五年到一九八○年，除了台灣，還有哪裡看得到中文嚴肅文學的寫作？不是政令宣傳，不是歌功頌德的嚴肅文學，還有哪裡看得見？這就是不同。我們的香火沒有斷過，我們的作家一直都那麼努力，成就都累積下來了。作為一個推動翻譯工作的人，我就是希望這些好的作品，對我來說最親的作品，能讓世界看見。我不是所謂本土派的人，我自己是一個外省人，我為台灣文學說話也沒有政治目的的。[29]

　　齊邦媛明確淡化政治分野，只是要對歷史負責，讓世界看到，讓後人知道，在那段時間、在台灣，有一群作家一直在創作。不是很熟悉嗎？這仍是泰恩的文學三環說，在一個時代，作家們說了什麼故事？因為大陸那個時期的文學不能算作文學，這個責任自然由台灣文學來擔負，這就是台灣文學的價值。也正因此，齊邦媛才會把台灣文學比喻成大霧中行走，大霧散去，才可見天日。她的文學評論集《霧漸漸散的時候：台灣文學五十年》1998年出版，談的是

29　見「來函」43吳嘉敏女士，齊邦媛，《洄瀾：相逢巨流河》，頁357-359，頁358-359。

台灣文學從1949走到1998，這近五十年的霧中前進，因為在國際上
沒有位置，必須堅持，才能讓世界看到。

　　齊邦媛這樣的氣度和膽識，來自她自己的苦難人生，屬於她
那一整代人的戰火中國成長歷程。更關鍵的是，她對台灣處境的
憂心，更與她漢、滿、蒙血液的本質，[30]以及齊世英之女的特殊背
景有關。她的家鄉東北從1931年九一八事變日本侵略、1932至1945
滿洲國、東北分裂，特別是1936年西安事變之後，蔣介石（1887-
1975）對東北人有了戒心，派江西人熊式輝（1893-1974）主政
東北，一步步迫使東北軍潰散流落南方，原本雄霸一方的東北，
漸次消亡。她頻頻回顧這段歷史，也每每提到父親齊世英鬱結此
事，一生不能釋懷。齊邦媛記載1981年齊世英和張學良（1901-
2001）有過一次會面，那是二人1935年不歡而散後首次見面，她這
樣寫：

　　　　當年雄姿英發的青年，都已八十二歲了，鄉關萬里，
　　　一生坎坷，千言萬語都說不盡，也不必說了。常常自問，
　　　「如果當年能夠合作，東北會是什麼樣子？中國會是什麼

30　齊邦媛談及自己的祖母是滿人，外祖母是蒙古人，見何榮幸、郭石城，
　　〈齊世英齊邦媛　東北心台灣情〉，原載《中國時報》7/12/2009，收在齊
　　邦媛，《洄瀾：相逢巨流河》，頁140-144，頁141。

樣子？」事實上，時光即使能夠倒流，合作亦非易事。
張學良二十歲繼承奉軍地盤，毫無思考判斷準備，只知權
力，衝動任性地造成貽害大局的西安事變，使東北軍數十
萬人流落關內，失去了在東北命運上說話的力量，他和
這個堅持人性尊嚴，民主革新的理想主義者齊世英怎麼合
作？那一天會面，兩人唯一共同心意，是懷念郭松齡將
軍。張學良想的是郭將軍對他權力的輔佐；我父親想的
是，如果巨流河一役郭軍戰勝，東北整個局面必會革新，
不會容許日本人進去建立傀儡滿洲國，即使有中日戰爭，
也不會在戰爭勝利之後，將偌大的東北任由蘇俄、蔣中
正、毛澤東、杜聿明、林彪，這些由遙遠南方來的人搶來
打去決定命運！這些憾恨，雖已還諸天地，卻仍折磨著他
的餘年歲月。[31]

　　多麼沉痛的悔恨。這裡的最大憾恨是，偌大東北任由他人主
導，東北人呢？齊邦媛不斷控訴，任何人都知道東北很重要，但是
東北人卻沒有掌控的能力。「我們的生命完全由別人支配，沒有發
言權。」[32]一九五四年，齊世英在立法院發言反對為增加軍費而電

[31] 見齊邦媛，《巨流河》，頁544。
[32] 見董成瑜，〈從容不迫〉，原刊登於《壹週刊》9/17/2009，收在齊邦媛，

力加價，遭蔣介石開除黨籍。對於國民黨，齊邦媛言論謹慎，她
這樣說：「這件事是當時一大新聞，台灣的報導當然有所顧忌，
香港《新聞天地》的國際影響較大，標題是〈齊世英開除了黨籍
嗎？〉，認為國民黨連這麼忠貞二十年的中央委員都不能容，可見
其顢頇獨裁，而蔣先生不能容齊，不僅因為他在立法院的反對，尚
因他辦《時與潮》的言論較富國際觀，灌輸自由思想與國民個人的
尊嚴，對確保台灣安全的戒嚴法不敬。」[33]

　　蔣介石不能容齊世英，正如他不能容許多人，這是次要，重要
的是，齊世英1960年與雷震、高玉樹、夏濤聲、李萬居、許世賢、
郭雨新組「中國民主黨」，持續致力於民主革新，正是因為台灣的
狀況和東北一樣。《齊世英先生訪問記錄》裡，齊邦媛對康寧祥
（1938-）說：「他有沒有跟你說過，他為什麼對台灣民間的民主
運動這麼有興趣，是因為東北的情況跟台灣完全一樣。」[34]答案就

　　《洄瀾：相逢巨流河》，頁148-153，頁151。

[33] 見齊邦媛，《巨流河》，頁320。方德萬的《戰火中國1937-1952》則這
樣敘述：「在回憶錄中，齊邦媛反常憤怒地引用了一段香港媒體評論，應
該是她的心情寫照：『蔣總統連這麼忠貞二十年的中央委員都不能容，可
見其顢頇獨裁。』」見方德萬Hans van de Ven，何啓仁譯，《戰火中國
1937-1952》（新北市：聯經，2020），頁408。

[34] 沈雲龍、林泉、林忠勝訪問，林忠勝紀錄，《齊世英先生訪問記錄》（台
北：中央研究院近代史研究所，1990)，頁66。

在這裡，齊氏父女遺憾東北家園由外來勢力主導、統治，而同樣的命運發生在台灣。這個島嶼，如何在世界上生存，有自己的立足點，如何不被外來勢力淹沒，能夠自己主導命運，才不會重演東北的陷落。也許，齊世英把對東北家鄉的遺憾，轉移到對台灣的維護了。齊邦媛顯然承襲了父志，無法讓東北人為東北而戰，至少要讓台灣的人寫台灣的故事。

《巨流河》說「壯美」故事

　　除了對泰恩文學三環說的堅持，齊邦媛還標榜一種文學美感，那就是西洋文學裡的「壯美」（sublime），這非常符合她外國文學系的背景。西洋文學裡的壯美和「秀美」（grace），齊邦媛顯然對壯美情有獨鍾，這首先表現在她對台灣女性文學的明確立場，那就是反閨怨。她1985年發表〈閨怨之外——以實力論台灣女作家的小說〉，這裡她說：「但是這近四十年在台灣，我們活在一個容不下閨怨的時代。光復初期在台灣的女子，剛從日治的陰影中出來，必須在語言和艱苦的物質生活中奮鬥；而由大陸來台的女子，在渡海的途中已把閨怨淹埋在海濤中了。」[35]女性不宜小情小

---

[35] 齊邦媛，〈閨怨之外——以實力論台灣女作家的小說〉，原載1985年3月號《聯合文學》，收在齊邦媛，《霧起霧散之際》，頁176-204，頁177。

愛、閨閣作態，男性就更應陽剛，而齊邦媛為「反共懷鄉文學」請命，是以台灣原有的苦難文學抗衡大陸的苦難文學，這兩種文學的共同點正是苦難，以及它所激發的人性光華，這正是壯美的核心精神。

　　為什麼齊邦媛年逾八十要寫25萬字的回憶錄《巨流河》呢？從她為方德萬Hans van de Ven（1958-）2020年出版的《戰火中國1937-1952》寫的推薦序〈弦歌不輟在戰火中國〉裡，可以看出端倪：

　　　　在為這本集大成之作的台灣版序中他說這是一本：「真正為自己而寫……非常私人的書……研究中國抗戰成為我克服第二次世界大戰歐洲戰事結束後的傷痛的遺留的方法，這個主題始終縈繞，讓我無法放手。」序末說：「以此為出發點，關照引人入勝戰爭記憶的跨世代傳承以及沉默的課題；這些課題對中國背景逐漸退去的台灣而言非常重要。」他這似輕輕提起的「沉默」二字，在我聽來，卻是震耳欲聾，催心悲痛。沉默和遺忘使青史成灰，是死者第二次死亡。幸好歷史是一個倔強的存在，不容被蓋棺，也不容被論定。[36]

---

[36] 見齊邦媛，〈弦歌不輟在戰火中國〉，方德萬，《戰火中國1937-1952》，頁6-11，頁11。

　　沉默和遺忘使青史成灰，是死者第二次死亡。為了寫下對殉國軍人及朋友的悼念和感恩，齊邦媛必須把苦難故事記下來，讓他們活下來，活在自己和讀者的心中。她曾祈求：「主啊！求你再給我一點時間，讓我說完他們的故事，那烈火燒遍的土地，爺爺、奶奶、爸爸、媽媽、大飛，和烽火裡的軍人，風雪中的學生，和他們後面追趕的我，請你讓他們在我筆下活著。」[37]

　　齊邦媛寫爸爸齊世英和初戀張大飛（1918-1945）的故事，無疑是為他們立傳，為他們正名，那麼齊邦媛筆下的齊世英是什麼樣的人物呢？齊世英早年受東北軍閥張作霖（1875-1928）賞識，赴日本及德國留學，閱歷外面的世界，反觀東北，他必然是理想主義青年，1925年和郭松齡（1883-1925）同謀兵諫。兵諫失敗，齊世英受日本庇蔭逃離，郭松齡槍斃。此後齊世英不便返東北老家，1926年加入國民黨，為「二陳」，也就是陳果夫（1892-1951）及陳立夫（1900-2001），又稱CC（Central Club）系大將，對東北有絕對發言權。齊世英說：「我從民國十八年起參加黨務工作，直迄大陸淪陷為止，計有二十年的光景。在這段時間內，我在中央黨部至少有個中央委員的名義，一直到國民黨改造，我才由中央委員變成一個

---

[37] 李惠綿，〈不廢江河萬古流〉，原載《國語日報》8/16/2009，收在齊邦媛，《洄瀾：相逢巨流河》，頁23-25，頁24。

普通黨員。」[38]黃怡〈林太乙、齊邦媛和她們的父親們〉一文說：「齊世英在一九三〇、四〇年代，對於中國國民黨而言，有點類似台灣共產黨的謝雪紅之於中國共產黨」，[39]這話極饒趣味。謝雪紅是台共，是中國共產黨收編的台灣樣板；齊世英是東北菁英，反東北軍閥而轉投南方國民黨，都有那麼點「外來」的成分吧。1931九一八事變到1936西安事件，蔣介石堅持剿共、張學良堅持抗日，齊世英1934在北平成立國立東北中山中學，收留東北流亡學生，「爾後又必須對付東北自己人（如張學良）在蔣介石面前扯他後腿，心力上的左支右絀可想而知。」[40]齊世英來台後任立法委員，1954年開除黨籍，壯志未酬，被迫結束政治生命。張學良和齊世英本不相容，卻都成了蔣介石階下囚。張學良西安事變後徹底成了囚徒，而齊世英也在來台後五年就遭封殺。

齊世英55歲開除黨籍到88歲病逝台北，這長長的三十多年，必然在女兒齊邦媛心中留下烙印。齊邦媛看到的是父親晚年的落寞，而不是父親青壯年時期的風發。「他最後幾年孤獨的日子裡，回

---

[38] 見沈雲龍、林泉、林忠勝訪問，林忠勝紀錄，《齊世英先生訪問記錄》，頁122。

[39] 見黃怡，〈林太乙、齊邦媛和她們的父親們〉，原刊登於《中國時報》7/15/2010，收在齊邦媛，《洄瀾：相逢巨流河》，頁85-91，頁87。

[40] 見黃怡，〈林太乙、齊邦媛和她們的父親們〉，頁89。

憶往事大約占據了他的心思意念。他有時對我說，心中常是千軍
萬馬在奔騰，慨嘆中國命運的大起大落。」[41]齊邦媛談父親，首先
說他是理想主義者，[42]更重要的是，她不斷強調齊世英是「悲劇英
雄」。齊邦媛曾問康寧祥，在中國歷史上，齊世英算不算所謂的悲
劇英雄人物？康寧祥回答，齊世英不是什麼悲劇性的人物，而是能
開拓政治環境、能促進民主化、設法走向世界的人。他不要權力榮
華，而是堅持一個理念：中國要強，一定要打破軍閥割據，因為這
樣才跟郭松齡反對張家。[43]齊邦媛則始終堅持：「我認為他們是真
正的『悲劇英雄』，他們如果不是英雄，那大家都去賺錢就好了！
因為世界上有許多不同價值成功的人。」[44]

　　王德威說：「齊世英的一生大起大落，齊邦媛卻謂從父親學
到『溫和』與『潔淨』，很是耐人尋味。」[45]果然是東北人看東北

[41] 見齊邦媛，《巨流河》，頁544。
[42] 齊邦媛說：「我總覺得父親有點傻傻的，他是一個成天講『有中國就有
我』的理想主義者，一輩子只關心中國如何發展的大問題，對於政府來台
後的『小長安』權位沒有興趣。」見何榮幸、郭石城，〈齊世英齊邦媛
東北心台灣情〉，頁143。
[43] 見沈雲龍、林泉、林忠勝訪問，林忠勝紀錄，《齊世英先生訪問記錄》，
頁358。
[44] 見張殿文，〈巨流河滾滾沖刷家國悲情〉，原載《亞洲週刊》10/11/2009，
收在齊邦媛，《洄瀾：相逢巨流河》，頁154-159，頁158。
[45] 見王德威，〈如此悲傷，如此愉悅，如此獨特〉，原刊登於《中國時報》

人，王德威看到齊世英的叱吒風雲，女兒齊邦媛卻只說：「由今日喧囂激烈的政治舞台回顧，他們當年生死不渝的理想是多麼溫馴純潔！」[46]溫和潔淨、溫馴純潔，應是政治生命腰斬之後的無奈吧，齊世英又能如何？難怪王德威也說：「這似乎也是本向『失敗者』致敬的書。」[47]齊世英的鬱鬱以終，讓他成為女兒齊邦媛心中的「悲劇英雄」。外人看齊世英，和女兒看齊世英顯然不同，這裡有女兒對爸爸的愛和崇拜。可以這麼說，齊邦媛在晚年，經由她陽剛的性格，把失意者齊世英放置到正確的位置，讓他活過來，成為壯美悲劇英雄，這就是齊邦媛表現愛的方式。

齊邦媛崇尚壯美，看到父親齊世英是悲劇英雄，那麼初戀張大飛呢？齊邦媛在他身上看到怎樣的壯美？齊邦媛會在八十歲懷念一個十二歲認識的初戀，那樣切切地要在回憶錄《巨流河》裡寫出對這個人的記憶，還是要記錄：在那樣的烽火中國，有過什麼樣的青年？做過什麼樣的事？這仍是泰恩的文學三環：時代、民族、環境。

方德萬的《戰火中國1937-1952》這樣描述齊邦媛和張大飛的相識：

11/23-27/2009，收在齊邦媛，《迴瀾：相逢巨流河》，頁58-72，頁63。
[46] 見齊邦媛，〈二十年的聲音〉，收在沈雲龍、林泉、林忠勝訪問，林忠勝紀錄，《齊世英先生訪問記錄》，頁1-6，頁4。
[47] 見王德威，〈如此悲傷，如此愉悅，如此獨特〉，頁68。

在國民黨南京政府撥款支持下，齊世英創辦「國立東
北中山中學」。張大飛是遼寧人，爸爸是瀋陽縣警察局
長，被日本人活活澆油漆燒死，他無家可歸，加入齊世英
的「東北中山中學」，中山中學原創設於北京，後遷至南
京。父母樂於在每個周末招待東北的流亡學生到家裡來晚
餐，齊邦媛也能夠開心的上學和交朋友。

這位朋友的父親是瀋陽縣警察局長，但因為接濟地下
抗日分子，被日本人在眾目睽睽下澆油燒死。一家人只得
四散逃亡，他也基本上成了孤兒。齊邦媛記得「他用一個
十八歲男子的一切自尊忍住嚎啕，在我家溫暖的火爐前，
敘述家破人亡的故事」。[48]

張大飛是齊世英中山中學的學生，對他來說，齊邦媛是校長女
兒，呵護之情自然第一；對少女齊邦媛，長她六歲的張大飛是爸爸
的學生，想來大哥哥的成分也多些吧。1937年，張大飛投身戰鬥報
效國家，成為「飛虎隊」飛行員，[49]1945年5月18日在豫南會戰中殉

---

[48] 見方德萬，《戰火中國1937-1952》，頁106。

[49] 「中美混合聯隊」Chinese-American Composite Wing CACW 1943/11 –
1945/9，隸屬「中華民國空軍美國志願大隊」American Volunteer Group,

國於河南信陽上空，結束短暫26年生命。[50]

　　對少女齊邦媛來說，初次在憂傷陽剛青年臂膀中的一幕已成永恆：「一個十二歲、瘦骨嶙峋的病弱女孩，遇到一位滿心創傷的十八歲無家男孩，他在寒風中曾由山上牽她下山脫困」。[51]八年抗戰中，他們不停地寫信，成了知心的朋友，然而，她的筆下一句「一九四三春風遠矣」極為醒目，因為赴川西後，她再也沒見過張大飛一面。張大飛給齊邦媛的信：「我無法飛到大佛腳下三江交匯的山城看你，但是，我多麼愛你，多麼想你！」[52]這樣的愛，卻沒有完成，原因還在張大飛身為飛官，不敢給承諾。張大飛寫給齊邦媛的哥哥齊振一（1921-2016）的訣別信：

AVG，綽號「飛虎隊」Flying Tigers，由陳納德Claire Lee Chennault（1893-1958）領導。

[50]　「來函」2陳鴻銓先生的說法，張大飛和他同屬美國前駐華陸軍航空之第十四航空隊中美混合聯隊第三大隊，張大飛個性內向，為人忠厚重信義，循規蹈矩，處事嚴謹，是標準軍人。見「來函」2陳鴻銓，收在齊邦媛，《洄瀾：相逢巨流河》，頁281-284，頁281。

[51]　見李菁，〈「巨流河和啞口海，存在於我生命的兩端」〉，原載2012年1月17日《三聯生活週刊》，收在齊邦媛編著，《洄瀾——相逢巨流河》，頁241-247，頁244，及單德興編選，《齊邦媛》【臺灣現當代作家資料彙編】68，頁217-221，頁218-219。

[52]　見齊邦媛，《巨流河》，頁175。

自從我找到你們在湖南的地址，她代媽媽回我的信，這八年來，我寫的信是唯一可以寄的家書，她的信是我最大的安慰。我似乎看得見她由瘦小女孩長成少女，那天看到她由南開的操場走來，我竟然在驚訝中脫口而出說出心意，我怎麼會終於說我愛她呢？這些年中，我一直告訴自己，只能是兄妹之情，否則，我死了會害她，我活著也害她。這些年來我們走著多麼不同的道路，我這些年只會升空作戰，全神貫注天上地下的生死存亡；而她每日在詩書之間，正朝向我祝福的光明之路走去。以我這必死之身，怎能對她說「我愛你」呢？去年暑假前，她說要轉學到昆明來靠我近些，我才知道事情嚴重。爸爸媽媽怎會答應？像我這樣朝不保夕，移防不定的人怎能照顧她？[53]

這是一個有情人未成眷屬的故事。張大飛救了齊邦媛，否則，她很可能只是空軍遺孀。這個悲傷故事的背後，卻是日本人的侵略、戰亂的殘酷、人對自己命運的無法掌控。2011年，齊邦媛記憶張大飛：

---

53 見齊邦媛，《巨流河》，頁212。

1932年他14歲，父親被日本人澆油漆酷刑燒死，他離家逃亡時，把父母取的吉祥名字「張迺昌」改為「張大非」。19歲時考上空軍，改名張大飛。他的一生木訥寡言，他篤信基督教，對人生有更深一層的思考，讀者何不多追尋他為國獻身的誠心和他那個時代愛國的真摯？何不多去研究當年「飛虎隊」以少擊多的精湛戰術，救了多少黎民百姓？他26歲的生命如流螢，卻有難忘的價值，我很為他高興，在他為國捐軀之前享受了短暫的家庭溫暖。「寂寞身後事」又何必追尋。我們祝他安息吧！也請《巨流河》的知音留給我文學上的寧靜。少年時代的鍾情，隔了半世紀，應已潭深無波（Still water runs deep）。[54]

　　她說的不是一個通俗愛情故事，而確實就是一個時代悲劇。對一個失掉家鄉的東北人齊邦媛，另一個父親被日本人活活潑油漆燒死的苦命男孩張大飛，他們共有的是時代大悲劇，一種相濡以沫的情感。她要悼念的是張大飛和他那位被日本人虐待致死的父親，這兩代東北人殉國的高風亮節。「我十二歲認識他，看到兩代東北人以身殉國的悲愴，那不是美麗的初戀，是尊敬、虧欠、患難相

54　見李菁，〈「巨流河和啞口海，存在於我生命的兩端」〉，頁244，及單德興編選，《齊邦媛》，頁219。

知的鍾情。」[55]齊邦媛說：「張大飛的一生，在我心中，如同一朵曇花，在最黑暗的夜裡綻放，迅速闔上，落地。那般燦爛潔淨，那般無以言說的高貴。」[56]因為張大飛是基督徒，送過她一本《聖經》，她在衛理公會受洗成為基督徒，以這樣的方式紀念他。[57]

1946年齊邦媛無意中走進張大飛的追思會，寫下了她哥哥齊振一的名字，對當時替張大飛辦喪事的家人或妻子，不著一字。她和張大飛在抗戰時期通信七年，一直到1944年停止通信，那之後，張大飛的人生對她成了異域，而這一次走入追思會，齊邦媛的結語是一句耐人尋味的話：「這些人能夠明白我的名字在他生命中的意義嗎？」[58]為了這個沒有人知道的位置，1999年5月，75歲的齊邦媛遠赴南京，找到航空烈士公墓，摸到張大飛的黑色大理石墓碑，在碑前照一張相，她就是要告訴張大飛，我知道、我沒有遺忘、我回來看你了，我們在同一地平線。

這一日，五月的陽光照著七十五歲的我，溫馨如他令

[55] 見吳筱羽，〈以書還鄉，亦喜亦悲〉，原載《時代週報》11/10/2010，收在齊邦媛，《洄瀾：相逢巨流河》，頁179-183，頁182。
[56] 見齊邦媛，《巨流河》，頁584。
[57] 見齊邦媛，《巨流河》，頁220。
[58] 見齊邦媛，《巨流河》，頁258-259。

我難忘的溫和聲音。──到這裡來，莫非也是他的引領？
如一九四六年參加他殉身一周年紀念禮拜一樣，並不全是
一個意外？我坐在碑前小小石座許久，直到章斐帶我下
山，由玄武湖回城。[59]

　　世人對這位抗戰時期的殉國英雄，可能只會知道碑上數字：
「張大飛，上尉，遼寧營口人，一九一八年生，一九四五年殉
職」，齊邦媛卻用了整整一生來想念她崇拜的飛驅逐戰鬥機英雄，以
25萬字讓所有華人世界都認識這位早逝的飛官。這樣的愛，是壯美。

烽火愛情

　　2014年齊邦媛在《洄瀾：相逢巨流河》的〈序〉裡說：「《巨
流河》是我從內心深處寫給世界的一封懇切的長信，至此心願已
了，留下祝願一切歸於永恆的平靜。」[60]在這封長信裡，我們看到
她反覆強調文學必須忠於時代、力圖回復文學感動人的第一本質，
以及她展現的壯美文學觀。齊邦媛在晚年講述自己父親齊世英和初
戀張大飛，仍是要說中國現代亂世的苦難故事，以及苦難所激發出

59　見齊邦媛，《巨流河》，頁579。
60　見齊邦媛，〈序〉，《洄瀾：相逢巨流河》，頁2-5，頁2。

的人性光華，這些深沉壯美的生命感動。

　　作家王鼎鈞說：「我們在文學的長途跋涉中，齊教授是那『渴了就給他水喝』的人」，[61]單德興形容老師齊邦媛：「齊氏本人一向無私奉獻，成人之美，習慣於擔任幕後的推手，促成許多文學與文化事業，而不願自己成為幕前的明星，再加上為人認真誠篤，文風穩健平實，不故作驚人之語」。[62]齊邦媛一生為教育家、學者，八五高齡出版回憶錄《巨流河》，見證她走過的戰火中國。這位獨特中國現代知識女性，她一生行事貫徹基督徒入世精神，期待動亂仇恨鍛鍊出悲憫胸懷，務使喧囂躁動仍保有深沉厚重的生命感動。我特別注意到的是，齊邦媛這樣的宗教大愛，來自她的初戀，那位烽火中淬煉的瑰麗靈魂。因為張大飛是虔誠基督徒，齊邦媛在他1945年殉國後，用整整一生無怨無悔地奉行他的愛，這是愛情，美的極致。

*本篇收在〈齊邦媛記憶的烽火愛情歲月〉。《民國文學與文化研究集刊》10（2021年12月）。

61　見王鼎鈞，《文學江湖》【王鼎鈞回憶錄四部曲之四】（新北市：INK印刻文學，2018.06），頁367。

62　見單德興，〈永遠的齊老師：從巨流河到啞口海再到巨流河〉，單德興編選，《齊邦媛》【臺灣現當代作家資料彙編】68，頁79-108，頁81。

引用書目

齊邦媛。《千年之淚：當代台灣小說論集》。台北：爾雅，1990。

———。《霧漸漸散的時候：台灣文學五十年》。台北：九歌，1998。

———。《一生中的一天：齊邦媛散文集》。台北：爾雅，2004。

———。《巨流河》。台北：遠見天下，2009。

———。《洄瀾：相逢巨流河》。台北：遠見天下，2014。

———。《霧起霧散之際》。台北市：遠見天下文化，2017．08。

單德興編選。《齊邦媛》【臺灣現當代作家資料彙編】68。台南市：台灣
　　文學館，2015。

謝曉虹。〈旅人〉。《香港文學》379（2016年7月）：22-25。

方德萬Hans van de Ven著，何啟仁譯。《戰火中國1937-1952》。新北市：
　　聯經，2020。

沈雲龍、林泉、林忠勝訪問，林忠勝紀錄。《齊世英先生訪問記錄》。台
　　北：中央研究院近代史研究所，1990。

王鼎鈞。《文學江湖》【王鼎鈞回憶錄四部曲之四】。新北市：INK印刻
　　文學，2018.06。

西西的香港童話

　　這個世代的華文文學界，有一個奇特現象，那就是把西方文學理論套在華文文學作品上，用歐美文學的尺，丈量華文文學。以西洋文學理論解析中國文學作品的做法，從1904年王國維（1877-1927）〈《紅樓夢》評論〉引叔本華悲劇哲學來解釋《紅樓夢》開始，一直延伸至今。它開啟了更多的文學評論視角，讓華文文學成為世界文學的一支。然而王國維可能沒有預見，在一百年後的華文文學界，出現評論家以西方理論拉抬（或貶低）華文文學，造成西化（高檔）文學產品範疇的結構。評論家往往比作家更具有決定文學命運的權力，評論家和作家形成了伯樂和千里馬的關係。明顯的例子是：如果沒有已故漢學家夏志清（1921-2013），不會有文壇上備受關注的張愛玲（1920-1995），或者是以《圍城》一書進入文學史的學者文人錢鍾書（1910-1998）。

　　評論家拉抬作家，成就自家文學史版圖；作家需要評論家，來彰顯自己的文學分量。伯樂和千里馬，是一件相輔相成的美事。儘

管許多作家一生因沒有伯樂而遺恨，仍有許多作家因有伯樂而無憾，香港資深作家西西（原名張彥，1938-）就是一個值得關注的例子。

台灣洪範書店、詩人何福仁、學者鄭樹森

西西真正成名，應該是在1983年她以〈像我這樣的一個女子〉獲台灣《聯合報》第八屆小說獎的短篇小說推薦獎。接著1984年台灣洪範書店出版了《像我這樣的一個女子》，而後幾乎西西所有作品都由洪範出版。說西西是台灣紅回香港不失中肯。[1]洪範2007年再版西西的《像我這樣的一個女子》，蝴蝶頁上的作者介紹這樣寫：

> 西西，原名張彥，廣東中山人，民國二十七年（一九三八）生於上海，香港葛量洪師範學院畢業，曾任教師，現居香港從事寫作，出版有小說、散文、詩集等二十餘

---

[1] 最有名的例子當然是連香港政府都誤以為西西是台灣作家，1989《香港年鑑》就稱西西為台灣作家。見紀麗華，《從「對話」到「童話」——西西小說敘述美學試探》，國立中興大學中國文學研究所碩士學位論文，2006，頁37。

種，多由洪範印行。西西寫作多年，其小說熔冶了傳統和
現代之長，轉益歐美和拉丁美洲的精髓，寫實寫意，剪裁
拼貼，結合多種技巧加以展現。讀西西作品，知道她不徒
追求表面技巧，而能相體裁衣，深刻描繪這一代人的悲和
喜、矛盾和困惑、懦弱和堅強、冷漠和寬容，左右出入而
永遠充滿感性的衝擊，是中文文學備受注目的作家之一，
為洪範書店所樂於鄭重推介。[2]

　　洪範2008年再版西西的《母魚》，蝴蝶頁上的作者介紹強調西
西試驗當代小說各種類型，觸及現實主義、後設小說、魔幻寫實，
以及歷史神話的詮釋等。[3]同時，鄭樹森教授無疑是西西的伯樂，
洪範1990年《母魚》一版，他的介紹文〈讀西西小說隨想——代
序〉裡，除了提出為西西認同的：「西西小說創作最鍥而不捨的追
求：講故事的方式」之外，也有如下文字：

　　　　這些長篇在敘述方法上也彼此迥異，每個創作過程都
　　是嶄新的探索。在這方面，西西的實踐與二十年代蘇聯形
　　式主義學派特重作品構成的創作及評論原則，可說是不謀

---

[2]　西西，《像我這樣的一個女子》（台北：洪範，2007）。
[3]　西西，《母魚》二版，（台北：洪範，2008）。

而合。另一方面，西西不少作品都通過不同的安排，達致「開放式」結局，又與六十年代以降歐洲不少前衛小說家（如布陀、弗里施及卡爾維諾等）的嘗試，異曲而同工。[4]

鄭樹森評論的核心價值無疑是西西與西方當代文學的接軌。西西的另一伯樂，或者說至交知音何福仁，更是每每與西西談論文學理論，結集成冊的有《時間的話題——對話集》，1995年由台北洪範出版。何福仁筆名方沙，是香港作家和詩人，曾任聖保羅書院中文科主任。

誠如鄭樹森所說，西西一直是試驗寫作技巧的先鋒，而且她自覺而嚴肅的談論這種選擇。2011年，西西當選香港年度作家，記者何翹楚〈專訪西西：我只是想帶新造的猿猴出來〉一文提到：

問西西有沒有讀過別人對她小說的評論，她直話直說：「批評的，我不管。就算是讚美，我也會看看他們讚的是什麼。許多人根本不懂得我的小說好在哪裡。有時我一看，咦，你根本沒弄清楚我用過的功在哪裡呀！我為什麼會用那個寫法，是因為我讀過哪些文學作品，評論的

[4] 鄭樹森，〈讀西西小說隨想——代序〉，西西，《母魚》（台北：洪範，1990），頁3-4。

人從來沒看過，自然看不出所以然。唯有鄭樹森是知音，我下筆的手法，參考了哪些原著，他都讀過，因此讀得懂。」她尤其不樂意評論人一致推舉《我城》為「童趣之作」。[5]

　　她並且特別強調，「值得評論的不是小說的內容。議題不是最重要的。但許多評論說來說去只會討論小說的議題。真正重要的是手法。就像蘋果，人人畫蘋果，整個歐洲藝術史當中，每個畫家的蘋果怎麼不一樣，才值得討論吧。一幅畫的主題是蘋果有什麼好談？電影也是，評論導演的手法才是重要的。」[6]確實，怎麼畫，怎麼寫，是作家西西貫徹始終堅持的價值，也是她作為作家最特異之處。

　　西西從六〇年代起，就在《中國學生週報》等刊物發表作品，1979年黃維樑評介西西的小說〈八個沒有油漆的木魚〉，這樣說：「西西的作品一向都頗為別致。她喜用有趣而又似乎不大相干的比喻，筆下的人和事，又往往很耐人尋味。」[7]追蹤西西寫作的脈

5　何翹楚，〈專訪西西：我只是想帶新造的猿猴出來〉，《上海壹周》（2011年8月1日）。摘錄自「香港文化資料庫」2011年8月3日星期三，點閱日期2/5/2015。

6　何翹楚，〈專訪西西：我只是想帶新造的猿猴出來〉。

7　黃維樑，〈香港小市民的故事──讀「大拇指小說選」〉，《書目書評》73（1979年5月）：69-77，頁73。

絡，我們必須看到她1966年到1968年曾為《香港影畫》撰文，之後
也以米蘭的筆名寫過多篇電影筆記，按照邁克的說法，西西的筆
鋒「機智而帶一點頑皮」，「她寫得興高采烈的時候，正是法國
新浪潮如日中天、邵氏新人輩出、安東尼奧尼成為時尚的六十年
代。」[8]這或可解釋為何西西下筆往往出現電影畫面。另外，西西
不止是作家，同時深具學者特質，她閱讀豐富，涉獵歐洲及拉美文
學。[9]西西的文學知識表現在她的眾多讀書筆記類作品，比方1986
年的《像我這樣的一個讀者》、1995年的《畫／話本》、《傳聲
筒》、西西和何福仁合著的《時間的話題——對話集》等。西西也
公開學習仿照歐美作家寫作技巧，所謂「互文性」。[10]西西與何福

---

[8]　邁克，〈卡麥拉眼界〉，何福仁編，《西西卷》（香港：三聯書店，
　　　1992），頁379-382，頁382。原刊香港《八方》文藝叢刊第12輯。
[9]　陳潔儀提出：《像我這樣的一個讀者》（1986）是西西第一本關於外國小
　　　說的閱讀筆記，西西曾經為自己喜歡的作家排座次，第一是巴爾加斯‧略
　　　薩，之後依次為伊塔洛‧卡爾維諾和加西亞‧馬奎斯。見陳潔儀，〈從余
　　　非筆下的「香港」回溯西西及巴爾加斯‧略薩的小說〉，《中外文學》334
　　　（2000年3月）：205-221，頁212。
[10]　陳潔儀提出，「西西對於小說創作的意見，不少來自外國文學作品的啟
　　　示。〈肥土鎮的故事〉首次發表於《素葉文學》第13期（1982年10月），
　　　配合該期的『加西亞‧瑪律克斯專輯』。〈肥土鎮的故事〉的創作意念來
　　　自加夫加爾‧加西亞‧瑪律克斯（Garcia Marquez, Gabriel）的《百年孤
　　　寂》（*One Hundred Years of Solitude*），由化入『大雨沖洗』和『小鎮
　　　狂歡』的情節，以至人生和歷史皆虛幻的思想等，皆可以在《百年孤寂》

仁討論文學理論，具體地談論了「陌生化」（defamiliarization），[11]
以及拼貼（collage）。[12]西西的小說裡用到的「陌生化」寫作方法

找到相似的地方。」見陳潔儀，《閱讀「肥土鎮」論西西的小說敘事》
（香港：牛津大學出版社，1998），頁12。黃慧芬點出，「〈鬍子有臉〉
原是義大利兒童文學作家詹尼‧羅大里（Gianni Rodari, 1920-1980）一
九六一年發表的七十一篇《電話裡的童話》的其中一篇，內容非常之短，
敘說鬍子有臉還是一個小孩子的時候，就喜歡問許許多多的問題，譬如：
為什麼抽屜有桌子？為什麼鬍子有臉？後來鬍子有臉死了，學者專家經過
調查，發現他從小習慣把襪子反穿，因此不能提出正確的問題。」見黃慧
芬，《西西小說論》，國立台灣大學中國文學研究所碩士論文，1995，頁
31。陳潔儀談論西西《我城》的現代性，她說，「20世紀80年代中期，她
最喜歡的是秘魯作家馬里奧‧巴爾加斯‧略薩（Mario Vargas Llosa, 1936-
），其小說即以『結構寫實』著稱。」見陳潔儀，《香港小說與個人記
憶》（香港：天地圖書有限公司，2010），頁60。

[11] 在〈盧卡契、布萊希特、形式主義之類〉一文裡，「何：加插歌唱，中斷
舞台的連貫，甚或直接對觀眾議論台上的表演，都是陌生化的形式；把現
實『歷史化』，寄託到遙遠的時間空間去，也是一種陌生化。」「西：然
後，什克洛夫斯基寫出整個形式主義最著名的句子，他當時只有二十來
歲：『因此，為了恢復對生活的感覺，為了感覺到事物，為了使石頭成為
石頭，存在著一種名為藝術的東西。藝術的目的是提供作為視覺而不是作
為識別事物的感覺；藝術的手法就是使事物陌生化的手法，是使形式變得
模糊，增加感覺的困難和時間的手法，因為藝術中的感覺行為本身就是目
的，應該延長：藝術是一種體驗事物的製作的方法，而「製作」成功的東
西對藝術來說是無關重要的。』」見西西，何福仁，《時間的話題──對
話集》（台北：洪範，1995），頁115-136，頁132，134。

[12] 何福仁在洪範1986年出版的西西小說《鬍子有臉》裡，有〈〔附錄〕臉兒

以及後現代風格，可以明確找到線索。[13]西西2011年接受訪問，這樣談論自己的作品：「寫《我城》採用了幻想的手法，和拉丁美洲的魔幻現實主義不同，有幻而無魔：『也許可以叫做童話現實主

怎麼說──和西西談《圖特碑記》及其他〉一文，他如此談論：「羅大里的故事對於《鬍子有臉》，只是一個起點，這小說思考了閱讀的問題：讀者參與創作，令書本繼續生長、擴展，而且可以有不同的理解、改造和再生。《鬍子》的形式很特別，也有拼貼Collage的地方。這種技巧在《哨鹿》，以至在《檔案》都出現過。」見西西，《鬍子有臉》（台北：洪範，1986），頁286。

13　西西與何福仁喜好談論的「陌生化」本來自俄國形式主義，為了使我們已經遲鈍的感官再次銳化，感覺所有人、事、物，如同第一次見到，（as if seeing something for the first time）。西西寫作每每以孩童眼光觀察世界，這正是一種感覺的重生，一種新奇的體驗。同時她寫作一貫沒有單一主角，而是隨意出入不同人物，物件，從他們的個別視角體驗世界。比方1990年的《美麗大廈》（台北：洪範，1990），頁31：「電梯的門於不同的樓層上開啓後繼續閉合，並無出入的交替。每當門扉啓動，梯廂等若一個巨大的公肺，匆匆對著空蕩的門外作一次深呼吸」，頁55：「燈盞上面的幾行字寫著升降機的字樣，升降機給他一類貨物的形象，仿佛自己是一個包裹。他這包裹，到了十一層上被電梯吐了出來。」西西用的後現代主義寫法明顯現在1992年的《哀悼乳房》（台北：洪範，1992），幾乎每一章的最後都有跳頁的安排，比方頁25：「如果你的親友忽然發現乳房有腫塊，應該怎麼辦？請告訴她不要重蹈第八五頁上〈傻事〉的覆轍。」頁31：「如果你並非女性，想知道一點關於男子乳腺癌的事，請翻閱第二〇七頁〈鬚眉〉。」

義』」。[14]

　　由於運用許多文學技巧、討論許多文學理論，一般認為西西的作品有「百科全書」、「地方誌」的特質，[15]黃子平教授也說西西小說有「圖書館氣息」。[16]然而，細細觀察，西西對於文學理論其實有極具揶揄的比喻。在《我城》裡，西西直接就說，如果把「字紙」比成文學作品，「尺」比成文學評論，那麼尺是「各說各

[14] 謝正宜報導，〈西西：游走文字「童」話與毛熊世界〉，《新聞晚報》，責任編輯：連萌。摘錄自「華夏經緯網2011年7月22日」，點閱日期2/5/2015。

[15] 陳燕遐形容：「像一部翔實的地方誌，包羅萬有的百科全書」見陳燕遐，〈書寫香港 —— 王安憶、施叔青、西西的香港故事〉，《現代中文文學學報》2：2（1999年1月）：91-117，頁107。曾萍萍說：「你可以說它是一本博物志；更好說它是一部生活須知大辭典，或者肥土鎮庶民生活史；」見曾萍萍，〈像西西這樣的一個作家 —— 評西西《飛氈》〉，《幼獅文藝》627（2006年3月）：94-96，頁94。馬森則直言西西喜歡掉書袋，「如此陳述，正如作者自況的『抄書』一語，並非一件難事，有一本百科全書就可以辦到，委實應該適可而止。」見馬森，〈掉書袋的寓言小說 —— 評西西《飛氈》〉，《聯合文學》142（1996年8月）：168-170，頁170。

[16] 黃子平原文：「西西的小說有『圖書館氣息』，令人想起當過國家圖書館館長的阿根廷小說家、詩人博爾赫斯（J. L. Borges），他把整個宇宙都想像為一個多層的圖書館。」見黃子平，〈灰闌中的敘述　讀西西小說集《手卷》〉，何福仁編。《西西卷》，頁430-437，頁435。（原刊香港《八方》文藝叢刊第12輯）。本文也刊在《女性人》5（1991年9月）：139-147。

話」，而字紙，根本就是「胡說」。[17]

　　這種幽默態度也表現在西西〈骨架〉一文中。這裡談論兩類讀者，一類是普通讀者，一類是批評家。批評家讀小說，不能只點頭搖頭，必須說點什麼，因此會出現這樣的後果：「如果有一天我碰上一篇如同下述的文章，我一點兒也不會感到意外，題目是『當代文化評論之骨架版』：文本　論述　對話　指涉　弔詭　顛覆　差異　歧義　誤讀　代碼　視野　考古　零度　解讀　印跡　複調　現象　他者　同志　女性　權力　接受　符號　邊緣　身份　認同　瓦解　擴散　書寫　二元對立　格式塔　不在場……」[18]本此幽默的態度，貫串西西創作的終極文學信念，始終就是一種「認真的遊戲」。[19]談及昆德拉，西西讚揚他曾說：「一位美國批評家要替斯特恩辯護，寫道：『雖然《特裡斯拉姆・山迪》是喜劇，卻是嚴肅的作品，由頭至尾都是嚴肅的。』老天，我倒想知道，嚴肅的喜

---

[17] 西西，《我城》（台北：洪範，1999），頁218-220。

[18] 西西，《故事裡的故事》（台北：洪範，1998），頁164。

[19] 西西與何福仁談及昆德拉，西西引昆德拉的話：「《特裡斯拉姆・山迪》這本書，是由頭到尾都非嚴肅的，它什麼也不要我們相信，不管是人物的真實性、作者的真實性，或者是小說文體的真實性，一切都要提問，一切都要懷疑，一切都是遊戲，一切都是娛樂（別以娛樂為恥），這一切都可以成為小說的形式。」見何福仁，〈從頭說起──談足球、狂歡節、複調小說〉，西西，何福仁，《時間的話題──對話集》，頁1-11，頁9。

劇究竟是什麼東西？哪齣喜劇不是嚴肅的？」[20]西西感歎這種一遇到看似不嚴肅的作品，就驚慌失措的態度，也就是說，對西西來說，喜劇無罪，看似不嚴肅也無罪，相反的，寫作的「趣」字，極為重要。對於鄭樹森的各種讚揚，西西最直接的回應就是：「其中他提到我一直探求『講故事的方式』，就頗得我心。這方面，《一千零一夜》是我深喜的舊典範，講故事的人由漫漫長夜一路講到天亮，不斷思索也不停搜索，留神聽客的反應，隨時變換敘述的策略，照福柯所說，這其實是抗拒死亡的方式。當然，這遲早證明終究是徒然的努力，何況晚近的文評已斷定書寫就是作者的自我泯滅，然而，在認真的遊戲裡，在真實與虛構之間，我以為講故事的人，自有一種人世的莊嚴。」[21]正是這種「認真的遊戲」，才是西西創作的核心價值，本此精神，她不斷地以各種方式講故事。

西西堅持不願被視為「童趣」。她說，要看過她讀的書，才能評論她的作品。當然大家都知道，鄭樹森和何福仁能夠了解她。但是，作為讀者，是否必須依照作者西西、評介者鄭樹森和何福仁，他們三人指引的路線思考？西西說：「要真正論斷一個人的作品，不能孤立地看，要看他一生的作品，同時要看他四周其他人的作

---

[20] 見何福仁，〈從頭說起——和西西談足球及其他〉，西西，《耳目書》（台北：洪範，1991），頁221-233，頁230。

[21] 西西，《母魚》（台北：洪範，1990），頁218。

品。」[22]洪範近年為西西出版的作品：2008年的《我的喬治亞》、
《看房子》、2009年的《縫熊志》、2011年的《猿猴志》，再怎麼
看都充滿明顯「童趣」。西西到了晚年，更加顯現赤子之心的迷人
童氣，她學的是教育，教的是小學，儘管她說並不喜歡教書，[23]但
她的專業已然顯現在她的文學作品中，她一直是對著一群孩子講故
事，她筆下的人物，也往往具有童趣特質。[24]這樣明白的事實，如

---

[22] 西西，〈〔附錄〕童話小說──談童話、〈碗〉、〈煎鍋〉及其他〉，
《像我這樣的一個女子》，頁189-207，頁205。

[23] 2011年西西專訪中有這樣的文字：「出於禮貌，很多人尊稱西西為老師，
其實這尊稱也很準確──她在香港念完師範學院以後，一直在小學裡當教
師。她主修英語教育，不過基本上大部分科目都教過。一般讀者或會想
像，當小學老師的西西是如何活潑，但原來她並不喜歡教書：『那是一份
沒有滿足感的工作。每天早上我寫作，很快樂。下午回到學校，就是上班
的心態，然後回家去，不用改作業的話再寫作。』」。見何翹楚，〈專訪
西西：我只是想帶新造的猿猴出來〉。

[24] 艾曉明引卡爾維諾的話，「從一個不同的角度看待世界，用一種不同的邏
輯，用面目一新的認知和檢驗的方式」來談西西，結論是西西的寫法具有
童話想像情趣。見艾曉明，〈地毯如何變成飛氈──從《飛氈》看西西的
童話小說〉，《讀書人》19（1996年9月）：33-41，頁40。朱崇科說：
「需要強調的是，西西的大多數故事新編都體現出相當重的童話色彩或童
話性。童話性在西西的故事新編裡主要表現為『用孩子的眼睛看世界』或
者『童話寫實』或是相當的民間幻想色彩。」他也提出，西西不獨童話色
彩，也包括了重寫邊緣和香港，並為之定位和申訴的野心。見朱崇科，
〈邊緣童話──諫言（建言）香港 淺論西西的故事新編小說〉，《國文
天地》240（1995年5月）：90-94，頁92。黃慧芬也提出，西西的童話體

果視而不見，卻專門談論她關於前衛文學形式的試驗，香港作家西西是台灣洪範書店專利的「純文學」作家，顯得牽強。

我這裡要做的，是還原西西的文字。如果沒有西西好友何福仁的悉心解說、沒有鄭樹森的附加注釋、沒有西西自己的西方文學讀書札記，西西會是怎樣定位的一位作家？而她一生辛勤灌注的文字花園，究竟核心精神是什麼？是的，西西說，內容不重要，怎麼寫，才重要，但是這裡我必須把她擱置，同時擱置何福仁及鄭樹森，而直接進入西西的文字世界。我要探索內容，從此內容中找出西西最深藏的終極信仰。我將論證，西西一切西方文學形式表層之下，是堅定的存在主義價值，她以人間的絕望建構出奇特的自我救贖，那就是童話世界的永恆美麗。西西把香港城市生活趣味化、神奇化、童話化。枯燥醜惡的大樓，變成飛毯、花園。西西晚年更甚一籌，回歸玩具屋、玩偶、布狗熊。看圖說故事、遊戲拼圖、嚴肅的遊戲，就是西西的主軸。而西西筆下展示出最奇特的景觀就是：沒有靈魂的布偶，就是香港這個飛毯童話裡的生物；香港人，就是玩具屋裡的木偶。

小說，主角通常為美好的人事物，渲染一個似乎繁華的世界。見黃慧芬，《西西小說論》，頁111。

看圖說故事：西西眼中的香港

　　西西不斷強調一點，她的寫作，是從圖畫開始，然後輔以文字。「我的做法相同，以圖為主，文字為副。因此不是寫了文字，配插圖。」[25]2001年版的《旋轉木馬》是西西自己畫的插圖，〈後記〉裡，她特別提出寫作和造花園有相似之處，「最愉快的還是替文字加了插圖，用鏤空明造或細密畫，這樣，就有了自己的指紋，覺得比風景明信片有趣些。」[26]圖畫，貫徹始終是她的文學創作核心。早在1963年到1966年，西西就以「南南」的筆名寫「畫家與畫」專欄，同時期內也寫「畫家與畫小插曲」十七篇專文。[27]西西是以對繪畫的細緻觀察來描繪生活的。正如艾曉明所說：「從西西對畫面上細節的提示可以看出她觀察的細緻和理解力。生活的樣貌是在細節中，而圖像的記錄、認知作用也是在這裡。」[28]

　　說西西具有童趣，正因為她的作品一貫從畫面，特別是具有趣

25　西西，《拼圖遊戲》（台北：洪範，2001），頁9。

26　西西，《旋轉木馬》（台北：洪範，2001），頁196。

27　艾曉明，〈看圖說話 —— 西西創作中的圖文互涉初探〉，《現代中文文學評論》4（1995年12月）：113-131，頁114。

28　艾曉明，〈看圖說話 —— 西西創作中的圖文互涉初探〉，頁115。

味性的動畫開始。談及西西這個筆名,則是有名的「象形文字」,一個小女孩跳方格。在〈造房子——代序〉一文中,她這樣說明:

> 西是什麼意思呢?有的人說是方向,有的人說是太陽沉落的地方,有的人說是地球的那一邊。我說:不過是一幅圖畫罷了。不過是一個象形文字。「西」就是一個穿著裙子的女孩子兩隻腳站在地上的一個四方格子裡。如果把兩個西字放在一起,就變成電影菲林的兩格,成為簡單的動畫,一個穿裙子的女孩子在地面上玩跳飛機的遊戲,從第一個格子跳到第二個格子,跳跳,跳跳,跳格子。[29]

西西12歲來到香港,協恩中學畢業後,讀葛量洪教育學院,畢業分發,回到農圃道官立小學教書。按照西西的說法:「新亞研究所的校址在九龍土瓜灣農圃道,每次在這條路上走,就覺得像是見了老朋友。因為這麼一條普普通通很短很短的路,我居然可以在上面走來走去,走了四十年之久。」[30]這條路,以及整個土瓜灣,竟然就是西西孕育她筆下童話的地方,正是她想像一個女孩子跳方格的地方。也許,正因為香港沒有童話,沒有這樣永遠跳格子長不大

---

[29] 西西,《像我這樣的一個女子》,頁2。
[30] 見西西,《旋轉木馬》,頁97。

的快樂小女孩，西西編造了一個美麗童貞的童話世界。她曾說：
「香港沒有童話，沒有詩。我們的女孩子不會變南瓜，什麼都不會
變；反而像童話裡其他的女孩子，都想穿玻璃鞋，寧願削足適履。
不同的地方是，童話裡他們不合穿，我們卻可以穿。」[31]

　　香港華洋雜處、貧富不均，九七回歸之前是一個沒有國籍只有
城籍的地方。西西如何寫香港呢？

> 打開世界地圖，真要找肥土鎮的話，註定徒勞，不過
> 我提議先找出巨龍國。一片海棠葉般大塊陸地，是巨龍
> 國，而在巨龍國南方的邊陲，幾乎看也看不見，一粒比芝
> 麻還小的針點子地方，是肥土鎮。[32]

　　肥土鎮，還是飛氈（廣東話的「飛毯」），當然都是香港。中
國是巨龍國，邊陲芝麻點大的地方，就是香港。在西西童話的眼
中，香港可以成為阿拉伯童話中的飛毯。然而，退一步看，西西
分明告訴我們，香港其實只是中國的蹭鞋墊。1996年《飛氈》的
〈說氈──序〉裡，西西說：「蹭鞋墊會變成飛氈，豈知飛氈不

31　西西，《像我這樣的一個女子》，頁190。
32　西西，《飛氈》（台北：洪範，1996），頁5。

會變回蹭鞋墊?」[33]這正是1997香港回歸中國的前一年,西西有她
的焦慮。

西西如何寫香港人呢?簡單地說,香港是童話裡的飛毯,香港
人,則是童話裡的美麗玩偶。寫於1981年5月的小說〈櫥窗〉:

> 他們寧願相信,陽光小子和小花是幸福的下一代,比
> 埃永遠風度翩翩,夏雪永遠明豔,而在這個華麗的廳堂
> 裡,頭頂有避雷針、腳下有避震儀、面前有防風玻璃、牆
> 側有防盜鈴、門上有警眼;這裡沒有灰塵、沒有蟲蟻、沒
> 有噪音、沒有風暴,至於水荒、難民偷渡、教育危機、通
> 貨膨脹、都不外是報紙上的新聞;所謂戰爭、饑餓、疾病
> 與死亡,都在櫥窗的外面,遙遠的地方。[34]

所有的災難醜惡摒除在外,櫥窗裡的布娃娃,永遠青春快樂。
西西也時時把香港想像成一個動物園:

> 除了上工和放工的時間,街上就沒有工人了,幾乎一個
> 也沒有,這些工人,好像天上的雁,忽然飛來,忽然飛去,

---

[33] 見西西,《飛氈》,頁5。
[34] 西西,《母魚》,頁113。

永遠是聚集在一起的。也許，他們也是一種候鳥。有時候，
我幻想著空地是一座動物園，草叢裡的松鼠，泥地上有獅
子、斑馬、犀牛，而起重機就是長頸鹿，廢汽車是象。[35]

香港的工人是候鳥，工地是動物園。香港人並且必須以身份證
證明自己的存在。小說〈抽屜〉：「由於我的抽屜就是我住在這茫
茫宇宙中的寓所，我不得不對它專心衛護，我還怕家中失火，害怕
颶風暴雨，害怕地震，這些災難都會禍延我的抽屜，一旦失去了我
的抽屜，我將在何處安身？沒有了抽屜，就沒有了我的身份證，沒
有了身份證，就沒有了我。」[36]西西說：「這是香港的怪現象：上
街要帶身份證，不然就倒楣了。結果呢？身份證比人重要，人是沒
有身份的，沒有人相信人。你去買鞋，店員要你帶鞋樣來，你伸出
雙腳是不行的，因為他們相信鞋樣，不相信腳。」[37]

小說〈宇宙奇趣補遺〉寫終日吃喝的「垃圾蟲」。[38]生活在香

---

[35] 西西，《候鳥》（台北：洪範，1991）），頁219。
[36] 西西，《像我這樣的一個女子》，頁60。
[37] 見西西，〈〔附錄〕童話小說——談童話、〈碗〉、〈煎鍋〉及其他〉，頁191。
[38] 見西西，《鬍子有臉》，頁151。「垃圾蟲」本指亂丟垃圾的人，這是香港政府「清潔香港運動」在1972年宣傳的「人見人憎」垃圾蟲。陳潔儀討論西西〈宇宙奇趣補遺〉與伊塔羅・卡爾維諾Italo Calvino（1923-1985）的

港，無需心肝，無需頭腦：「把我解剖的話，我的頭裡沒有腦，我的胸腔內也沒有心。什麼？你說什麼？在肥土鎮生活，用不著有心？」[39]西西的童趣，至此無疑深具諷刺。而對於移民香港，西西明白地訕笑：「有人說，那是人蛇；有人說，那是人龍。神龍見首不見尾，掩掩映映、隱隱蔽蔽。排隊的人是到這裡來申請良民證。有了良民證，就有資格申請做移民，移居到他們心目中美麗的、勇敢的、痛苦的、燦爛的、悲壯的、》》的、》》的新世界。」[40]「美麗新世界」，是貫串西西筆下香港的詞彙，但也分明是一種諷刺。[41]香港，不是烏托邦。

〈恐龍〉（The Dinosaur）文本互涉（intertextuality）。她說：西西利用Qfwfq的「百變」特質，使得Qfwfq在〈宇宙奇趣補遺〉裡，由「恐龍」再搖身一變為「垃圾蟲」，極具「肥土鎮」的地方色彩。見陳潔儀，《閱讀「肥土鎮」論西西的小說敘事》，頁53-54。

[39] 西西，《鬍子有臉》，頁160。

[40] 西西，《手卷》（台北：洪範，1988），頁151。

[41] 《美麗新世界》*Brave New World*是英國作家阿道斯・雷歐那德・赫胥黎（Aldous Leonard Huxley）1932年發表的作品。故事設定在西元2540年的倫敦，描述未來文明社會的一系列科技，包括人類試管培植、睡眠學習、心理操控等。這篇小說與英國作家喬治・歐威爾（George Orwell）1949年出版的《一九八四》*Nineteen Eighty-Four*和俄國作家葉夫根尼・伊萬諾維奇（Yevgeny Ivanovich Zamyatin）1921年寫成的《我們》*We*並列為世界三大反烏托邦小說。與赫胥黎的反烏托邦《美麗新世界》異曲同工，西西的香港，以卡通化成就趣味性的諷刺。

　　1989年西西罹乳癌，因化療傷了右手，她漸漸開始用左手，對娃娃屋的興趣轉而伸向毛熊、布偶。2008年出版的《我的喬治亞》〈後記〉裡，她特別說明，希望有一天可以編一本公仔書。[42]我們記得，香港作家西西第一篇在台灣成名的小說就是1983年的〈像我這樣的一個女子〉。這裡殯儀館女化妝師的職業來自自己的姑母怡芬，姑母因為這樣的工作嚇走了男友，她把這項工作交給侄女，除了因為侄女勇敢，還為了一項，那就是等她死後，她要這個侄女親自為她化妝。

　　　　不過，誰能說得準呢，怡芬姑母在正式收我為徒，傳授我絕技的時候曾經對我說過：你必須遵從我一件事情，我才能收你為門徒。我不知道為什麼怡芬姑母那麼鄭重其事，她嚴肅地對我說：當我躺下，你必須親自為我化妝，不要讓任何陌生人觸碰我的軀體。[43]

　　這樣罕有的題材！為自己姑母的遺體化妝，不讓任何陌生人觸碰，就是對親人最大的愛。[44]也就是說，至高的親情表現在對「無

---

[42] 西西，《我的喬治亞》（台北：洪範，2008），頁215。

[43] 西西，《像我這樣的一個女子》，頁108。

[44] 黃慧芬討論西西筆下的孤獨女性，這樣結論：「置身冰冷的工作環境中，

生命」的物體的保存、維護,和尊敬。為死者化妝、喜歡布娃娃、喜歡玩具屋,西西的世界有一個特點:沒有生命的物件。仿佛,這些沒有生命的物件,才擁有永恆。這種為死者化妝的特質,是否後來延伸為自己動手做布偶、縫狗熊,給一個沒有生命的物件許多關愛,如同他是活的?再細細思索,西西因化療傷了右手,用左手寫作,興趣由玩具屋轉為布偶,她竟然還可以縫布狗熊,如此,若說西西因為手受傷,無法寫作而被迫做布偶,不如說西西雖然手受傷,仍然興致勃勃地做布偶。寫作,可自己口述,他人代寫。儘管做布偶也是一種右手的復健,她其實大可選擇不同方式做復健,為何一定要親手縫製布狗熊呢?由此可見,對(死)物件的熱愛,確實貫串西西一生,老來尤甚。這樣的童趣,不是一般喜歡,而幾乎是迷戀了。西西的世界是布偶、布狗熊、玩具屋,一如她的成名作〈像我這樣的一個女子〉,寫的是給殯儀館裡往生者化妝的年輕女化妝師。仿佛作家西西在給死物的裝扮上,得到人間最永恆的安寧。再來看一看西西筆下這位奇特女子:

> 直到這麼的一天,她帶他到她工作的地方去看看,指

她出之以人性溫暖,致力安撫死者面容,以『創造最安詳的死者』自勉,借此她對個人所無力反擊的命運做了沉著的回應。」見黃慧芬,《西西小說論》,頁43。

著躺在一邊的死者，告訴他，這是一種非常孤獨而寂寞的
工作，但是在這樣的一個地方，並沒有人世間的是是非
非，一切的妒忌、仇恨和名利的爭執都已不存在；當他們
落入陰暗之中，他們將一個個變得心平氣和而溫柔。[45]

這，就是西西要表達的哲學：沒有人世間是非，沒有妒忌仇
恨，沒有了生命，一個個變得心平氣和。正如小說〈照相館〉裡，
白髮阿娥住在照相館裡，和假人生活在一起，他們沒有血肉，就像
靈魂一樣壓在櫃檯的玻璃下。白髮阿娥不知自己活在一個真的世界
還是假的世界。[46]白髮阿娥自然是西西母親的投射，香港居，是遺
棄中國大陸的記憶，卻又對香港現實採取抽離態度。西西執意保存
的，竟然總是抽出生命的美麗軀殼。這種照相館裡幽幽的亡者照
片、木偶、玩具屋，就是西西筆下的人間至美。

冰雕童貞：西西的存在主義本質

當人世間的是非、仇恨、爭執，全部變為死物的絕然寧靜，這
才成就平和溫柔的永恆美麗。為什麼小學教師張彥，女作家西西會

---

[45] 西西，《像我這樣的一個女子》，頁111。
[46] 西西，《白髮阿娥及其他》（台北：洪範，2006），頁109-110。

有如此的視野？她是怎麼到達這種境界的？在一個高樓大廈有感覺、電梯有生命、公園是肺、建築工地是動物園的西西世界，人，才是那個沒有靈魂的殯儀館屍體，因為死亡，得以免去人間苦痛，所有不必要的人倫牽絆。西西確實是六〇年代存在主義的信徒。人間是徒勞無益的，活著，是刑罰。真正的快樂，就是在土瓜灣的農圃道上，想像一個童話世界。平凡的香港人，特別是中低收入的普通人，在高樓鳥籠的生存空間裡，想像飛毯、肥土。西西童話世界的底層，竟然是「去靈魂」。西西渴求一種乾淨、清白的「真空」世界。

香港九七以前是英國殖民地，華洋雜處的紛亂存在。而西西畫出和寫出的香港，是「美麗大廈」、「玩具屋」、「布熊」、「殯儀館的死屍天使」。在〈魚之雕塑〉這篇小說裡，沙灘上的浮屍成為雕塑。

層岩的另一端，是更荒涼的沙灘，我們繼續往前走，然後，我們看見了一具雕塑，那是一個躺在沙灘上的軀體，身體如同一個氣球一般膨脹了起來，似乎要迸裂外層的灰布襯衫和深藍色的長褲，兩隻素白的腳赤裸在褲管底下，足上沒有鞋子和襪子，每一隻腳趾都顯得浮腫，白得

　　像冷藏的豆腐。[47]

　　軀殼的頭部被魚群全部啃食，僅剩頭骨。[48]然而，海灘的浮屍可以成為雕塑，就如同殯儀館的屍體可以成為美麗存在，同樣是非常驚人的景觀。與此相關的，西西筆下每每出現奇異的形象包括魚、母魚、魚的冰雕、玻璃碎片的蝴蝶翅膀、[49]抽離靈魂的布娃娃、玩偶等等。為什麼「人」會是「魚」呢？這裡我們不得不面對一篇奇特的小說〈母魚〉。母魚，寫的是某一個經驗，或者是想像的經驗。38歲的三姨初次懷孕，17歲的少女以為自己懷孕。母魚經歷性交、懷孕；故事敘事者「我」在浴室裡驗孕，感到天旋地轉。

---

[47] 西西，《像我這樣的一個女子》，頁66。

[48] 按照何福仁的說法，西西這裡寫的是中國文革武鬥，隨河道流至香港九龍的浮屍。見何福仁，〈藝術與現實的思辨──《魚之雕塑》賞析〉，何福仁，《浮城1.2.3──西西小說新析》（香港：三聯書店，2008），頁76-78，頁77。

[49] 小說〈玩具〉：「你是賣魚的。你是一個會做冰雕的賣魚人。我並不知道你是先開始賣魚然後才作雕刻，還是先開始做雕刻然後才賣魚，這一定是一個有趣的故事。但你說，這分別是一點也不重要的。」見西西，《像我這樣的一個女子》，頁8。〈肥土鎮的故事〉裡，有這樣的文字：「花可久找尋了一會兒，才發現地上有些破碎的碎片，真奇怪，地上的碎片，竟是一隻蝴蝶的翅膀。仿佛真有那麼一隻陶瓷的蝴蝶，振拍了雙翅，和蝴蝶分離之後，獨自在天空中翱翔了一陣，然後掉到地上來。」見西西，《鬍子有臉》，頁69。

小說裡說，「不是魚。父親不會知道不是因為魚。」[50]有一個19歲的少年，他是少女的男友，假想胎兒的爸爸。但是，接著是一個墮胎的場景，陌生人操作她裸陳的身體，金屬盤接下撥碎的胎兒，如同玻璃碎片的美麗蝴蝶。儘管最終證實少女並沒有懷孕，鬆一口氣，但是，西西無疑在文字中隱藏了一個奇特的秘密。「從出生到現在，我才三個月大，卻已經和你共同度過一段日子，穿過陽光與驟雨。既然你把我頭生下來，我就成為你記憶中的一部分，在你的腦海裡，我是永恆的浪花。我希望你健康快樂，成長得更堅強，母親，愛是不必蒙羞的。我愛你，我也愛我的父親，他是珍貴的雄魚。」[51]正如王德威教授精闢點出：

> 久婚不孕或是未婚而孕在此成為女性自我意識消長的「生理」探測器。而西西作為敘述者的態度卻是曖昧的。由同情到超（漠）然，小說拒絕完全涉入人的或是魚的世界。究竟西西是悲憫還是撇清？小說最後一躍成為「頭」生「作品」（或是嬰兒）的自白，雖然形式足以炫人，卻也巧妙掩飾西西對生育（或是創作）無可奈何的憧憬及挫

---

[50] 見西西，《母魚》二版，頁182。

[51] 西西，《母魚》二版，頁187。

折感。[52]

王德威一貫語帶保留，引人遐思而嘎然終止，這裡我卻要大膽假設：西西是否悼念某一個沒有來到人間的生命？是母親愧對了他，因此，他要剔骨還父、削肉還母？西西終其一生，從這個嬰兒的立場思考人倫，一個不被接受的生命，也不了解何以人倫可以成立。另一方面，她似乎不斷用一種木乃伊的方式保存某種孩童、布偶的形象，她對無靈魂的死物投入這樣殷切的愛，是否出於她對某種（假想）生命遺憾的補償？

魚、母魚、魚的冰雕、玻璃碎片的蝴蝶翅膀、抽離靈魂的布娃娃、玩偶，所有這些冰雕童貞的背後，不可忽視的仍然是西西的深厚存在主義核心價值。[53]西西早期的存在主義特質由許多地方都可

---

[52] 見王德威，〈冰雕的世界——評西西的《母魚》〉，王德威，《閱讀當代小說：臺灣・大陸・香港・海外》（台北：遠流，1991），頁243-247，頁245。

[53] 談論西西存在主義風格的文字極多。陳智德談論香港六十年代的文學：六十年代的青年仍有自覺是「自我放逐的華人」，此時的文學作品彌漫虛無情緒，張愛倫（西西）的詩作〈異症〉是其中之一。見陳智德，《解體我城　香港文學1950-2005》（香港：花千樹出版有限公司，2009），頁18。黃慧芬提出：「六〇年代後期西西發表的兩部中篇：〈東城故事〉以及〈象是笨蛋〉，刻畫存在主義式的人生態度；凡此皆可見出西方思潮對香港文學風貌的影響。無怪乎當今某些學者視六〇年代為香港文學的歐化

看出，在〈胡說怎麼說──談《我城》〉一文中她明白地說：

　　無論《東城故事》、《象笨蛋》、《草圖》這些存在
　　主義式的小說，我覺得都不是我應該走下去的路，我想寫
　　一個比較快樂的，同樣「存在」，但用另一種態度。[54]

　　注意這裡，她說：「同樣存在」，可見信仰之深。西西開始寫
作的六〇年代正是存在主義興盛的時期，她的詩作〈礫石〉有這樣
的句子：

　　如果我是一塊石頭
　　就好了
　　戈壁灘上
　　一塊礫石
　　像千千萬萬

期。」見黃慧芬，《西西小說論》，頁6。何敏兒質疑一般認為西西從《我
城》開始不再有存在主義精神這個觀點，她細細論證存在主義仍是貫串《我
城》的主題。見何敏兒，〈《我城》與存在主義　西西自〈東城故事〉以來
的創作軌跡〉，《中外文學》438（2012年9月）：85-115，頁91。

[54] 西西，何福仁，《時間的話題──對話集》，頁200。

麻臉的石

沒有名字

（誰是石頭的父親）

沒有姓氏

（誰是石頭的

母親）[55]

就在這裡

自生自滅

獨醒獨睡

長長的一生

也無需

為另外的一塊石頭

心碎[56]

　　自生自滅、獨醒獨睡、無需為另一塊石頭心碎。無父無母、無需兄弟姊妹家庭人倫、像一塊石頭或者一棵大樹，就是最佳生存狀態。〈東城故事〉裡：「那株樹從沒有告訴我誰是它的母親，誰是

[55]　西西，《西西詩集》（台北：洪範，2000），頁122。

[56]　西西，《西西詩集》，頁124-125。

它的兄弟，它孤零零地生長在那裡，馬利亞就是這樣，她是樹，樹是她。」[57]1966年的〈家族日誌〉：「屋子裡很靜。都睡了。很好。大家都睡了，很好。我數數：一二三四五。五個人。五個睡得無聲無息的人。看來他們和我毫不相干，但多奇怪，他們是我的父母弟妹，我是他們的女兒姐姐。這是一種什麼機緣。」[58]〈東城故事〉裡質疑家庭成員的強迫性：「當我母親把我放進這個世界時，我並不認識誰，我不知道母親將是我的母親，大哥將是我的大哥，我不認識馬克，我們本來是那麼陌生的。」[59]「我並非不愛我的母親，母親沒有什麼過失那是事實。她是那麼仁慈，那麼善良，但她為什麼誕生我，為什麼選擇我做她的女兒？我想著終究是她的一項錯誤，我從來不希望成為人，我從來不喜歡這個世界，只是母親選擇了我。」[60]

　　西西1998年《故事裡的故事》裡有非常醒目的一篇，那就是〈陳塘關總兵府家事〉，寫哪吒剔骨還父、削肉還母。「他用右邊的手，提著劍，砍下左邊那條胳膊，我在一旁苦苦呼喚，他總是不停。剖開了肚腹，把腸子都掏出來。我三年零六個月的懷胎，生他

57　西西，《象是笨蛋》（台北：洪範，1991），頁13。

58　西西，《母魚》，頁31。

59　西西，《象是笨蛋》，頁52-53。

60　西西，《象是笨蛋》，頁64。

下來，也沒有這日這時這刻般的銘心痛楚。」[61]類似的價值同樣出現在小說〈草圖〉中：「我扯下垂在頸際的一塊漢玉。母親，我把這一切還給你。我喊，把它扔出窗外。車猛烈的爆出一團火，冒起濃煙。粉身碎骨，一團焦炭。」[62]西西明確的寫出人倫的強迫性，以及丟棄這種強加人倫的必要。相反的，那些不願意捨棄生命的人，是被命運操縱的木偶，是懦弱的。同一篇小說裡：「但你們活著，成為命運操縱的一批木偶。你們活下去，是因為害怕，是因為懦弱，是因為畏懼，是因為缺乏捨棄自己的勇氣嗎。」[63]如此，木偶是懦弱的，缺乏捨棄自己的勇氣，而成為被命運操縱的木偶。同樣的邏輯，儘管西西把香港寫成童話，是肥土鎮、花氏花園、美麗大廈、飛毯，香港人如櫥窗裡永遠美麗無憂的小童；但她同時也說，亞當夏娃離開伊甸園，正是因為在伊甸園中活著雖然無憂無慮，卻如同豬玀般愚昧無知，是蠢物。好在有蛇，才帶給人類的始祖分辨善惡的知識。短篇小說〈失樂園〉：

因為人在伊甸園中儘管不愁食物，無憂無慮，卻活得如同灰豬褐玀，男人尤其土頭土腦，徒具神的形象，毫無

---

[61] 西西，《故事裡的故事》，頁12。

[62] 西西，《故事裡的故事》，頁227。

[63] 西西，《故事裡的故事》，頁231。

神氣神韻。拉哈百覺得：人若吃了分善惡的知識樹上的果
子，就能得到知識，又可分辨善惡，知所判別，一定生
活得更有意義；否則，一生一世也只是蠢物，空負神的形
象。這是牠對善惡的理解。[64]

　　蛇沒有懺悔，它認為自己沒有做錯。它引導人類對
一切好奇，對一切懷疑，對一切求證。懷疑，是哲學的
精神；求證，是科學的精神。懷疑加上求證，就是智慧
（hokma）的開端。[65]

懷疑是哲學精神，求證是科學精神，懷疑和求證，就是智慧的
開端。伊甸園是必須離開的，伊甸園必須變成失樂園，人類才能成
為人類，而不是不愁食物無憂無慮的蠢物。那麼香港人，是應該留
在肥土鎮繼續當玩偶？還是應該長智慧，把香港變成失樂園？從上
海移民來香港的西西，承載了中國大陸的記憶，試圖融入英國殖民
地香港，卻又明知在1997年，香港再度回歸中國。這樣對於自身命
運無由更動的小民，顯然有複雜的內心焦慮。西西看似童趣，卻在
童趣背後隱藏危機。香港人究竟何去何從？這裡回歸到一個必須面

---

[64]　西西，《白髮阿娥及其他》，頁164。

[65]　西西，《白髮阿娥及其他》，頁167。

對的主題，那就是西西肥土鎮和我城故事的終結，一貫是消亡無蹤，其實就是死亡。[66]

何敏兒2012年的〈《我城》與存在主義　西西自〈東城故事〉以來的創作軌跡〉一文提出了一個重要的面向，那就是西西在《我城》裡如何處理死亡的議題。她點出，《我城》數度印刷，但所有版本都刪除一個章節，就是涉及「生命自主權」的第十四章一段文字：

> 報上有一段這樣的舊新聞：這個城市，已經通過了一項生命自主權。讀著這段新聞的人並不明白這是一件什麼樣的事情，於是，他即走過來，對坐在帆布椅上的阿遊發問：
> ——生命自主權
> ——是什麼呢……
> 阿遊知道的並不多，他只知道仿佛有一群人在訪問的電視節目裡呼籲有良知的人犧牲自我。他們說，自然的死

66 李順興談論《飛氈》的結尾：最後整個肥土鎮完全不見。肥土鎮的地圖變成白紙，錄影帶是洗刷後的灰暗，而寫故事的人桌上，只剩下空白的書頁。他指出這個結尾的形式與內容和馬奎斯的《百年孤寂》有異曲同工之妙。見李順興，〈歷史、幻想、後設：評《飛氈》〉，《中外文學》292（1996年9月）：145-148，頁147。

亡，並非是唯一合法的生命終結方式。[67]

　　往前追溯，〈象是笨蛋〉裡出現過「人道毀滅」的主題，富家女孩不知道為何活著，要求象協助她結束生命。[68]這裡，同樣寫自殺，然而是以「生命自主權」方式出現，也就是人們如泡沫般消失。《我城》裡怪異醒目的一段描述是：瑜和丈夫最終去醫院注射，交出一切證件，和一群人一起在草坪上閑坐，接著是一架直升機飛來，向他們噴泡沫，人群變成肥皂泡沫飛揚空中，消失於大山背後。多麼神奇的死亡描寫！這分明是電影畫面，西西六〇年代寫電影專欄的技法這裡仍有餘韻，但更重要的是，如果香港是我城，那麼最終人們是從這個我城中消失。若從這種死亡、消失的結局來看，西西對於香港的前景，絕非樂觀，存在的底層，仍是虛無。

　　香港作家西西1950年起定居香港，她不斷說，最大的快樂就是

67　這裡何敏兒引的是何福仁，〈胡說怎麼說：與西西談她的作品及其他（2）〉，《素葉文學》17-18（1983年6月）：45-49，頁49。見何敏兒，〈《我城》與存在主義——西西自〈東城故事〉以來的創作軌跡〉，頁107-108。

68　〈象是笨蛋〉小說原文：「我是屬於獅子座的，但我是一頭馴良的獅子，而且，我是一頭倒楣的獅子。那天，我翻過星座的預測，星象家說，獅子座的人，運氣要差啦。我完全同意，因為就在那天，黃蝴蝶和我吵了架，吵架以後，我就被一個找我把她人道毀滅的女孩纏著。」見西西，《象是笨蛋》，頁89。

坐在小板凳上看書，就如同航行在小河上。〈羊皮筏子（代序）〉
一文：

> 　　她曾經到別人家中作客，看不見任何一本書，並不因
> 此驚訝，正像並非每戶人家家中都有摺疊在牆角的羊統，
> 也許，在生命的激流中，每個人都有不同的渡船，甚至有
> 些人幸運，能夠登上挪亞的方舟，避過洪水。但她不免為
> 許多人憂傷，即使在科技如此發達的時代，永不沉沒的水
> 上交通工具，仍然只有古老的羊皮筏子。她忽然又聽見了
> 遠方的鳥鳴，這是她應該到河之彼岸探索的時刻，於是，
> 她打開一本書來，坐在小矮凳上靜靜航行。[69]

　　這使人想到她坐在浴室小板凳上，以馬桶當桌子寫作了大半
生。西西的想像世界給了她溫馨的救贖，這樣一位奇特的女作家。
九七大限前出版的《時間的話題——對話集》裡，西西談及存在的
荒誕，她對何福仁說：「你可以在殷周，在魏晉，在明末清初，百
多年來的中國，殖民地的香港，何嘗沒有這種處境？我沒有太大的
受益，只感覺人生如此，凡事不可執迷，灑脫些，淡薄些，我就做

---

[69]　西西，《手卷》，頁5。

我能力以內應該做也以為有趣的事。這就夠了。」[70]

　　西西是香港的移民，並非出生香港。西西文中顯示，妹妹九七前移民美國伊利諾州；[71]西西的長篇小說《候鳥》獻給父親，他是因為中國動亂，不得不扶老攜小遷徙來香港的那一代。西西一生獨身無子女，她的父親過世後，母親在精神上出現退化狀況，弟妹後來各自婚嫁，有的移民海外，照顧老母親的責任落到了西西身上。39歲退休成為專業作家，平日深居簡出，西西的實際生活絕非童話。面對九七大限，她是興奮以待？還是憂心忡忡呢？西西在《我的喬治亞》裡說：

　　　　後來你們的政府離開了，我們自己的卻急不及待推出大堆新措施，要超英趕美，又好像要清洗記憶似的，東拆西拆，更有人用殖民地東西留下來有什麼居心做藉口。也是在那個時候，我看見喬治亞房子，一見就喜歡。我喜歡喬治亞，不等於說我就願意住進裡面；我喜歡傳統的四合院，難道就嚮往長期住在四合院麼？我經營我小小的房

[70]　西西，何福仁，《時間的話題──對話集》，頁56。
[71]　〈蘋果〉裡：「從伊利諾州寄過來的一張聖誕卡裡有一行打字機寫的字：怎麼，肥土鎮要陸沉了嗎？」見《像我這樣的一個女子》，頁179-187，頁186。

子，無論好歹，我是在重建自己的記憶。[72]

「重建記憶」？西西是深恐九七之後，1950至1997西西這47年
的人生會被抹去嗎？1997年寫的〈白髮阿娥與皇帝〉裡，西西寫解
放軍1949年安安靜靜地進城，如今又將安靜接收香港。[73]候鳥無從
選擇，政治框架了小民，無可逃避。西西曾說：「在巨變的時代，
到那裡生活，怎樣生活，原不是普通小民所能掌握的，我們總是在
各種各樣的力量推移下掙扎。」[74]但是，也如西西所說，realism和

---

[72] 西西，《我的喬治亞》，頁208。

[73] 西西1997年寫的〈白髮阿娥與皇帝〉裡，寫1949年解放軍接收：「那一
年，街頭巷尾的銀幣丁丁作響，因為解放軍要來了。如今呢，好像街頭巷
尾也有一片收購的聲音：皇帝，皇帝。因為解放軍要來了。白髮阿娥記
得，那一年解放軍是在晚上進城的，三更半夜、月黑風高，他們進來了，
沿著馬路的兩側，單行前進，荷槍實彈，穿著皺巴巴棉胎似的軍衣，帶著
鴨舌帽。」見西西，《白髮阿娥及其他》，頁91。另一處寫1997香港回
歸：「白髮阿娥仿佛看見一幅遠景，但願如此。那時候，小洛文已經活到
像她如今的年齡。有一天，他把錢豬中的錢幣倒出來看。呀，這五仙已經
一百多歲了：這個錢幣上，鑄著一九九七年。那一年，他在外婆家裡，
和外婆一起喂錢豬。他對身邊的孫女兒說：好的，一言為定，都留給你
玩。」見西西，《白髮阿娥及其他》，頁94。

[74] 見西西，〈認知的過程〉，楊澤主編，《從四〇年代到九〇年代：兩
岸三邊華文小說研討會論文集》（台北：時報文化，1994），頁137-
142，頁138。

reality有別，小說是虛構的敘述。[75]童話的最大優勢就是孩童能在現實世界和幻想世界之間自由往還，並且把現實世界和幻想世界互相混淆，甚至生活在幻想之中。[76]儘管西西筆下出現令人拍案叫絕對香港英政府的批判，以及她對傳統女性教育的反思，西西仍然是一位充滿童趣的作家。[77]西西選擇「童話寫實」，無疑是識盡人間絕望後的華麗選擇，西西創造的香港童話，是她精巧而狠心的自我救贖。香港，就是玩具屋，香港人，就是玩偶。是的我們沒有靈魂，因為沒有人把我們當真實的人，沒有人相信我們是真實的人。凡事不可執著，我們就以玩偶的姿態，成就殖民地櫥窗的玩具屋。

---

[75] 何福仁，〈和西西對談〉，《印刻文學生活誌》9（2004年5月）：30-41，頁41。

[76] 見韋葦，《世界童話史》（台北：天衛文化，1995），頁28。

[77] 西西反思女性傳統教育最明顯的一處就是〈肥土鎮灰闌記〉：「千百年來，像我外祖母這般的老婦人何其多，她們的運氣倒是不錯，在家裡做女兒時，有父母撫養；嫁到丈夫家裡做妻子時，有丈夫撫養；丈夫過世之後，就由兒女撫養。一生之中，從搖籃到搖椅，搖得脊骨發育不全，一旦遇上困難，一點辦法也沒有，只求自己豐衣足食，不理女兒死活，仿佛女兒一生下來，就是讓她繼續搖下去的錢樹。至於兒子，卻由得他像個搖搖般骨碌碌地滾走了。堂上的京官，可曉得診斷搖搖症？這搖搖症又如何滋生繁殖起來？」見西西，《手卷》，頁80-81。西西批判香港政治貪腐現象，令人驚豔，比方〈我們保護你〉一篇，諷刺衛生幫辦、消防幫辦收賄貪污，可謂幽默傳神。見西西，《飛氈》，頁306。

香港作家西西

　　我們如何看待西西這位資深香港女作家呢？她的童話每每寓意深遠，[78]而她的熱衷閱讀和喜好文本互涉並非大家都認可，[79]在香港這樣極度商業化的城市，西西其實是曲高和寡。西西除了在香港同仁雜誌《素葉文學》上發表作品，絕大多數作品都在台灣出版。馬森教授清楚指出：「我們可以大膽地說如果沒有台灣的讀者和台灣

---

[78] 洛楓提出，西西在小說虛構的基礎上，隱寓了她對「九七問題」的關注和思慮。「或許，西西也明白烏托邦是不會存在的，因此，她才安排美麗和諧的肥土鎮在一切故事結束以後功成身退的隱沒，而她心中香港的理想藍圖，便只可永遠以虛構的姿態和角色，存活於她的小說藝術中。」見洛楓，〈歷史想像與文化身份的建構——論西西的《飛氈》與董啓章的《地圖集》〉，《中外文學》334（2000年3月）：185-203，頁194。陳潔儀也提出，西西筆下肥土鎮垃圾蟲Qfwfq的故事明顯是寓言，是針對人類霸權意識和生態危機的暗示。見陳潔儀，《閱讀「肥土鎮」論西西的小說敘事》，頁72。

[79] 對於西西精通歐美文學，以及寫作時喜好文本互涉，認可讚揚者有之，不認同者也不乏其人。馬森就直言西西掉書袋，另外也有令人會心莞爾的評論：「全書不採線型的敘述，可也並不就是拼貼，用的應該是非常傳統的『話分多頭』，看來這種敘述方式對長篇是頗適用的。」見馬森，〈掉書袋的寓言小說——評西西《飛氈》〉，頁170。

的出版者的欣賞，可能不會有今天的西西。」[80]也就是說，西西儘管不合香港文藝市場口味，卻有作為文人最重要的伯樂：台灣的洪範書店、香港的鄭樹森、何福仁等文學知音。因為有他們，西西的創作受到系統化的重視和鼓勵。而在她成名的背後，有極大成分的西洋文學理論支援，因為這些養分，使得西西的童趣小說變得不止是童趣，而是華洋交融的文本互涉。

正如本文一開始提出，這個世代的華文文學界，有一個奇特現象，那就是用歐美文學的尺，來丈量華文文學。評論家和作家，形成伯樂和千里馬的結構。香港資深作家西西因有伯樂而無憾。西西高居純文學的小眾趣味，然而微妙的是，西西寫的卻是絕對童趣的作品，童趣可能是精英，但絕不僅止於精英。正因如此，西西怎麼歸類都有那麼點不對位。西西真正觸及的主題，可能並非她的原意，而是必須撥開覆蓋她的歐美文學形式才能看到，那就是根深蒂固的存在絕望。西西1950年從上海遷徙到香港、1997年目睹香港回歸中國，她不屬於香港「南來作家」之列，[81]西西的香港居，不是

---

[80] 見馬森，〈掉書袋的寓言小說──評西西《飛氈》〉，頁168。

[81] 陳智德提出：「五十年代初期，大批作家從中國內地來到香港，部分在內地已是著名作家，部分來港後開始寫作，他們包括徐訏、力匡、趙滋蕃、徐速、燕歸來、李輝英、夏侯無忌（齊桓）、李素等作者，在《人人文學》、《海瀾》、《祖國週刊》、《人生》、《文壇》、《大學生活》等刊物持續發表了大量作品」，題材不少與「懷鄉」有關，但每每是借肯定

高姿態的輕視或旁觀，而是優遊其中的頑童。「我城」這個名字已
經寫出作家的選擇，那就是沒有國籍而只有城籍的生存狀態。[82]西
西的香港，是一種非英非中的獨特存在，她的「我城」，有絕對獨
特的不可取代性。[83]

　　2005年，西西以長篇小說《飛氈》，獲頒馬來西亞《星洲日
報》的「世界華文文學獎」，是繼上海作家王安憶（2001）及台灣
作家陳映真（2003）之後，第三位獲獎的作家。王安憶同時也是西
西獲獎評委會的主評，她稱西西為「香港的說夢人」，她這樣評介
西西：

　　過去來否定現在。五十年代來港作者否定的「現在」，指向香港的現實。
　　見陳智德，《解體我城　香港文學1950-2005》，頁52。

[82] 陳筱筠提出：「富裕的中產階級激增，令港督麥里浩發起的社會改革得到
　　廣泛支持。一九七一年麥里浩上任，除了在政制改革上促進民意代表性的
　　增加，亦推動司級公務員的本土化。這幾方面的力量匯合起來，以香港為
　　『我城』的意識逐漸冒現。一個本來既繫於大英帝國復連接中國的地方，
　　現在逐漸有了自己的文化和身分，和中英兩國有越來越明顯的區別。」見
　　陳筱筠，〈觀看香港的方法：論西西《飛氈》的地方意識與敘事策略〉，
　　《中外文學》430（2010年9月）：125-149，頁133。

[83] 張豐慈提出：西西低調、堅定與不流俗的特質，使她描繪出與眾不同的香
　　港城市圖像，七〇年代的老舊房子，有別於大眾偏好的高樓大廈。見張豐
　　慈，《摩登長廊裡的傳奇──論西西的香港都市書寫》，國立政治大學中
　　國文學系98學年度碩士論文，2010，頁107。

　　本屆「花蹤」世界華文文學獎得主西西，多年來和她
所居住的香港保持著靜默的距離。她似乎有一種奇異的能
力，不讓自己蹈入香港的現實，而是讓香港謙恭地佇立在
她的視野裡而任她看、想，然後寫。

　　這是一個虛構者和現實世界的典型關係，不是唇齒相
依、痛癢相關的親密性質，反而是間離的，愈行愈遠，最
終至於海市蜃樓。它是真實和夢境的關係，而文字將此夢
境固定下來，使之免於消散和流逝。[84]

　　王安憶顯然以中國的姿態俯視香港。但西西呢？她原籍廣東，
出生上海，12歲開始生活在香港，如今年近八旬。西西一直騰空觀
望香港，喃喃說夢嗎？在我看來，西西寫出父母一代香港移民的抽
離心態，而她自己，生活在香港，接受了香港，並非站在香港邊
緣。只是她從遷徙的無奈，看清了香港人的悲哀，他們是一群玩
偶，沒有自主權的漂亮櫥窗小童。正因為中國和英國都不尊重香
港人，香港人在內化自身荒誕之後，以一種遊戲的態度反觀「我
城」，當虛無和存在不再管用，不如卡通化一切。香港是動畫世
界，這個動畫世界裡，沒有靈魂就是最高境界。西西把最高禮讚給

---

[84]　林寶玲，〈西西，香港的說夢人——記香港作家西西榮獲世界華文文學
　　獎〉，《明報月刊》481（1996年1月）：144-146，頁145。

了沒有生命的玩偶、布熊。她的奇特童趣，成就西西版香港的獨特商標。而西西，正是英國殖民地以及後來中國領地香港的文學（老）頑童，以嚴肅的遊戲調侃一切存在的虛無。

*本篇收在〈西西的香港童話〉。《世新中文研究集刊》11（2015年7月）：1-32。
*本篇縮短版收在〈閱讀西西〉。《香港文學》369（2015年9月）：62-66，以及〈閱讀西西〉。陶然主編。《繁華落盡見真淳：香港文學筆記選》。香港：香港文學出版社，2016。頁384-391。

引用書目

西西。《鬍子有臉》。台北：洪範，1986。
——。《手卷》。台北：洪範，1988。
——。《美麗大廈》。台北：洪範，1990。
——。《母魚》。台北：洪範，1990。
——。《像我這樣的一個讀者》。台北：洪範，1990。
——。《耳目書》。台北：洪範，1991。
——。《候鳥》。台北：洪範，1991。
——。《象是笨蛋》。台北：洪範，1991。
——。《哀悼乳房》。台北：洪範，1992。

──。《畫／話本》。台北：洪範，1995。

──。《傳聲筒》。台北：洪範，1995。

──。何福仁。《時間的話題──對話集》。台北：洪範，1995。

──。《飛氈》。台北：洪範，1996。

──。《故事裡的故事》。台北：洪範，1998。

──。《我城》。台北：洪範，1999。

──。《西西詩集》。台北：洪範，2000。

──。《拼圖遊戲》。台北：洪範，2001。

──。《旋轉木馬》。台北：洪範，2001。

──。《白髮阿娥及其他》。台北：洪範，2006。

──。《像我這樣的一個女子》。台北：洪範，2007。

──。《母魚》。二版。台北：洪範，2008。

──。《我的喬治亞》。台北：洪範，2008。

──。《縫熊志》。台北：洪範，2009。

──。《猿猴志》。台北：洪範，2011。

紀麗華。《從「對話」到「童話」──西西小說敘述美學試探》。國立中
　　興大學中國文學研究所碩士學位論文，2006。

鄭樹森。〈讀西西小說隨想──代序〉。西西。《母魚》。台北：洪範，
　　1990。頁1-5。

何福仁。〈〔附錄〕臉兒怎麼說──和西西談《圖特碑記》及其他〉。西
　　西。《鬍子有臉》。台北：洪範，1986。頁275-289。

───編。《西西卷》。香港：三聯書店，1992。

───、西西。《時間的話題──對話集》。台北：洪範，1995。

───。〈和西西對談〉。《印刻生活志》9（2004年5月）：30-41。

———。《浮城1.2.3——西西小說新析》。香港：三聯書店，2008。

何翹楚。〈專訪西西：我只是想帶新造的猿猴出來〉。《上海壹周》
　　（2011年8月1日）。摘錄自「香港文化資料庫」2011年8月3日星期
　　三。點閱日期2/5/2015。

黃維樑。〈香港小市民的故事——讀「大拇指小說選」〉。《書目書評》
　　73（1979年5月）：69-77。

邁克。〈卡麥拉眼界〉。何福仁編。《西西卷》。香港：三聯書店，
　　1992。頁379-382。原載香港《八方》文藝叢刊第12輯。

陳潔儀。《閱讀「肥土鎮」論西西的小說敘事》。香港：牛津大學出版
　　社，1998。

———。〈從余非筆下的「香港」回溯西西及巴爾加斯‧略薩的小說〉。
　　《中外文學》334（2000年3月）：205-221。

———。《香港小說與個人記憶》。香港：天地圖書有限公司，2010。

黃慧芬。《西西小說論》。國立台灣大學中國文學研究所碩士論文，
　　1995。

謝正宜報導。〈西西：游走文字「童」話與毛熊世界〉。《新聞晚報》。
　　責任編輯：連萌。摘錄自「華夏經緯網2011年7月22日」。點閱日期
　　2/5/2015。

陳燕遐。〈書寫香港——王安憶、施叔青、西西的香港故事〉。《現代中
　　文文學學報》2：2（1999年1月）：91-117。

曾萍萍。〈像西西這樣的一個作家——評西西《飛氈》〉。《幼獅文藝》
　　627（2006年3月）：94-96。

馬森。〈掉書袋的寓言小說——評西西《飛氈》〉。《聯合文學》142
　　（1996年8月）：168-170。

黃子平。〈灰闌中的敘述 讀西西小說集《手卷》〉。何福仁編。《西西卷》。頁430-437。原載香港《八方》文藝叢刊第12輯,及《女性人》5（1991年9月）：139-147。

艾曉明。〈看圖說話——西西創作中的圖文互涉初探〉。《現代中文文學評論》4（1995年12月）：113-131。

———。〈地毯如何變成飛氈——從《飛氈》看西西的童話小說〉。《讀書人》19（1996年9月）：33-41。

朱崇科。〈邊緣童話—— 諫言（建言）香港 淺論西西的故事新編小說〉。《國文天地》240（1995年5月）：90-94。

洛楓。〈歷史想像與文化身份的建構——論西西的《飛氈》與董啟章的《地圖集》〉。《中外文學》334（2000年3月）：185-203。

黃慧芬。《西西小說論》。國立台灣大學中國文學研究所碩士論文,1995。

王德威。〈冰雕的世界——評西西的《母魚》〉。王德威。《閱讀當代小說：台灣‧大陸‧香港‧海外》。台北：遠流,1991。頁243-247。

陳智德。《解體我城 香港文學1950-2005》。香港：花千樹出版有限公司,2009。

何敏兒。〈《我城》與存在主義 西西自〈東城故事〉以來的創作軌跡〉。《中外文學》438（2012年9月）：85-115。

李順興。〈歷史、幻想、後設：評《飛氈》〉。《中外文學》292（1996年9月）：145-148。

楊澤主編。《從四〇年代到九〇年代：兩岸三邊華文小說研討會論文集》。台北：時報文化,1994。

韋葦。《世界童話史》。台北：天衛文化,1995。

陳筱筠。〈觀看香港的方法：論西西《飛氈》的地方意識與敘事策略〉。
　　《中外文學》430（2010年9月）：125-149。
張豐慈。《摩登長廊裡的傳奇──論西西的香港都市書寫》。國立政治大
　　學中國文學系98學年度碩士論文，2010。
林寶玲。〈西西，香港的說夢人──記香港作家西西榮獲世界華文文學
　　獎〉。《明報月刊》481（1996年1月）：144-146。

三毛的快樂天堂

　　三毛（1943-1991）是台灣二十世紀七〇年代和八〇年代的文化奇蹟。她在台灣1987年解嚴前的十年：1977-1987獨領風華，成為通俗文學大家，以她浪遊世界的放達，開啟封閉島嶼一個窺探世界的窗口，給嚴謹考試制度下的年輕學子提供一個自由的法外典範，更重要的，她乾淨樸素的文字以及堅定「反社會」、「反體制」精神，建構了一個海市蜃樓快樂天堂。[1]

　　三毛其人如此吸引大眾，而她的文字更加吸引大眾，原因就在於：自然。她寫的是如同禪宗頓悟般乾乾淨淨，絕不雕琢的靈性文字，這樣自然的文字正是三毛文學為廣大讀者接受的關鍵，自然之

---

[1]　沈謙（1947-2006）一針見血指出，三毛作品受歡迎的原因，就是因為她提供了「軌道外的日子」，她比「拒絕聯考的小子」更浪漫，初中沒畢業就輟學在家。見沈謙，〈三毛的人格與風格〉，蔡振念編選，《三毛（一九四三—一九九一）》【臺灣現當代作家研究資料彙編】89（台南市：台灣文學館，2016），頁229-242，頁231。

子寫出的自然文字。三毛明確的自我定位就是：「我是一個以本身
生活為基礎的非小說文字工作者。要求自己的，便是如何以樸實而
簡單的文字，記下生命中的某些歷程。」[2]五四以來乾乾淨淨白話
文的傳統，竟然在三毛筆下呈現。三毛現象說明了我們的社會多麼
做作、多麼矯情，三毛最自豪的就是她的文字簡單明瞭，小孩子都
看得懂，讀她的書，就是親炙她的靈魂，沒有教條、沒有賣弄學
問，這些特質看似簡單，能夠做到的作者極少。

　　談三毛，必須先談陳平，或者陳懋平，律師陳嗣慶和繆進蘭
夫婦的次女。在這個中產階級家庭裡，陳平是一個讓父母失望的
壞小孩，這個壞小孩壞的原因是，她從初中二年級開始拒絕上
學，厭惡台灣當時的填鴨式教育制度，或者說，12歲的她，是一
個「教育體制」適應不良的逃學生。這樣一個學校的異類，卻在困
獸般自閉整整7年之後，以她超人的才華跳脫台灣教育社會體制框
架，奔向歐洲、浪遊北非，如同脫韁野馬，走出一幅行動的畫，成
就奔放異彩的人生軌跡。[3]陳平是老師羞辱的壞學生、父母憂心失

---

[2]　三毛，〈教書不是塔〉，三毛，《談心　三毛信箱》（台北：皇冠文化，
　　1985），頁63-65，頁64。

[3]　三毛在〈我的三位老師〉一文裡說，沒有畫出好作品，只有將自己當成一
　　幅活動的畫，在生命裡一次又一次張顯出不同的顏色和精神，做為對老師
　　交出的成績。三毛這三位美術老師分別是顧福生、韓湘寧和彭萬墀。見三
　　毛，〈我的三位老師〉，三毛，《我的快樂天堂》（台北：皇冠出版社，

望的壞孩子,她是所有當時教育體制的反面教材,原因就出在,她知道那種封閉社會僵化教育窒息一個人的成長,這樣的異類如何開創自己的璀璨人生,而不是躲在重重圍牆後把自己永遠鎖進自家囚牢,讓「房子」成為「防止」外人入侵的安全堡壘,封閉自己?台灣自閉陳平變成撒哈拉沙漠域外三毛,女浪人三毛後來又回到南京東路公寓裡的自閉三毛,三毛一生在出走和自閉間徘徊。[4]三毛尋找快樂、建造快樂天堂,而那個天堂,自始至終是反社會的叛逆,一種回歸初心的佛教境界,而她的生命姿態,明確的有唐人傳奇風範,更確切的說,三毛的行事作風就是唐代女俠翻版。

　　本文專注在三毛這位浪人作家的自我定位,她一生與社會格格不入,卻在一種渾然天成的自然狀態中找到永恆安居,也就是說,三毛的本質就是一個「自然之子」(child of nature),她在靈魂的遨遊中最自在快樂,而她的軀體,是一隻獸,只有奔放野獸和籠中困獸兩種境況。快樂來自出遊、與自然融合為一,當軀體無法動

1985),頁39-53,頁53。

[4]　李瑞在〈無言的告別〉一文中提到,三毛在父母合住新居附近保留一間她獨居的房子,情緒不好或想躲避外界的壓力時,就「自閉」在那裡。三毛生命的基調永遠在「出走」與「歸返」之間擺盪。見李瑞,〈無言的告別〉〔附錄〕,李東,《三毛的夢與人生》(台北縣:知書房出版,1997),頁230-232,頁232。

彈，她的靈魂就出竅遨遊，這遨遊有時回得來，有時回不來，三毛
最終靈魂奔向快樂天堂，軀殼留在人間。

壞小孩：小丑、囚禁

少年陳平是一個逃學的孩子，這逃學的原因，是為了讀書。她
一開始就是自學，除了最早的漫畫書《三毛流浪記》，第一本讀的
小說是徐訏（1908-1980）的《風蕭蕭》，接著小學五年級下學期讀
了《紅樓夢》，六年級讀了《射鵰英雄傳》等多種小說。至於逃學
和後來休學的原因，是漸進堆疊的說明。一開始，三毛告訴我們她
「拒學」，在1977年出版的《哭泣的駱駝》一書的序〈塵緣──重
新的父親節（代序）〉裡，她這樣說：

> 哭著呱呱墜地已是悲哀，成長的過程又比其他三個姐
> 弟來得複雜緩慢，健康情形不好不說，心理亦是極度敏感
> 孤僻。高小那年開始，清晨背個大書包上中正國小，啃書
> 啃到夜間十點才給回家，傭人一天送兩頓便當，吃完了去
> 操場跳蹦一下的時間都沒，又給叫進去死填，本以為上了
> 初中會有好日子過，沒想到明星中學，競爭更大。這番壓
> 力辛酸至今回想起來心中仍如鉛也似的重，就那麼不顧一

切的「拒」學了。父母眼見孩子自暴自棄，前途全毀，罵
是捨不得罵，那兩顆心，可是碎成片片。哪家的孩子不上
學，只有自家孩子悄無聲息的在家悶著躲著。那一陣，
母親的淚沒乾過，父親下班回來，見了我就長嘆，我自己
呢，覺得成了家庭的恥辱，社會的罪人，幾度硬闖天堂，
要先進去坐在上帝的右手。少年的我，是這樣的倔強剛
烈，自己不好受不說，整個家都因為這個出軌的孩子，弄
得愁雲慘霧。[5]

到了1981年，她告訴我們一個確切的「數學老師事件」，也就
是老師不相信她數學能考100分，不知道那是三毛整個背下題目的
結果，於是再出題讓她考，寫不出來的時候就用毛筆在她臉上畫了
兩個黑眼圈：

　　畫完了大花臉，老師意猶未盡，她叫我去大樓的走廊
上走一圈。我殭屍般的走了出去，廊上的同學先是驚叫，
而後指著我大笑特笑，我，在一剎那間，成了名人。[6]

[5]　三毛，〈塵緣──重新的父親節（代序）〉，三毛，《哭泣的駱駝》（台
　　北：皇冠文化，1977），頁5-14，頁11-12。
[6]　三毛，〈逃學為讀書（代序）〉，三毛，《背影》（台北：皇冠出版社，

　　從此以後，她開始逃學，往台北近郊的公墓跑，寧可和死人作伴，也不去學校。逃學終於被父母知道，三毛休學一年，初二下學期，父母不再強迫復學，讓三毛在家裡自學。

　　1983年〈驀然回首〉一文，她再度重申：

　　　　回想起來，少年時代突然的病態自有它的遠因，而一場數學老師的體罰，才驚天動地的將生命凝固成那個樣子。這場代價，在經歷過半生憂患之後，想起來仍是心驚，那份剛烈啊，為的是什麼？生命中本該歡樂不盡的七年，竟是付給了它。人生又有幾個七年呢！[7]

　　1986年廣播人凌晨策畫「三毛的故事」，三毛在「軌外——我的少年」裡再度詮釋這個事件。事發後第三天早上去上學，走到走廊看到教室，立刻就昏倒，13歲多一點，她開始把自己封閉起來。「那陣子我看了無數心理醫生，卻一直沒辦法打開自己『是個壞孩

1981），頁15-39，頁31。

[7]　三毛，〈驀然回首〉，三毛，《送你一匹馬》（台北：皇冠出版社，1983），頁21-44，頁25。

子』的心結。」[8]

　　從此，「數學老師事件」深植人心。這裡有一個奇特的地方，似乎沒有人想過，這位數學老師是誰？其實三毛1981年和盤托出這件老師管教不當的事件，離事發的時間1956年不過二十多年，是不難查證的，為何沒有人好奇到底是哪位老師這樣對待學生？這個疑問的原因是，難道這不可能是三毛後來編造出來的嗎？未嘗不可啊。從最早的反教育填鴨式教育，到四年後述說這樣一段椎心的創痛，第一種可能是她終於把最難啟齒的重大羞辱說出來，第二種可能就是她衍生堆疊出了一個戲劇化的原因。無論如何，導致陳平拒學的原因當然還是台灣當時的教育體制失衡，考試制度下的填鴨式教育，外加老師對學生的絕對權威，完全沒有把學生自尊列入考慮的懲罰方式。現今看來，在那個體罰家常便飯的時代，陳平如此強烈的反應，除了看似的驕縱之外，還是明確點出她本來就是有特殊狀況的一個學生。

　　這個數學老師事件如果是陳平編造的，有一個非常明確的主軸凸顯，那就是陳平一生的自我投射有強烈的「小丑」（clown）情結，〈你是我特別的天使〉一文，三毛在姪女身上看到孩子們如何看待自己，那就是卡通人物般的小丑。這裡三毛感嘆：「小姑沒有

---

[8]　凌晨策劃，〈三毛的故事〉，《皇冠》384（1986年2月）：46-59，頁50。

被抱過，承受了一生的，在家裡，只是那份哀憫的眼光和無窮無盡
父母手足的忍耐；裡面沒有欣賞。」[9]三毛在自己的公寓裡有一個
鳥籠，鳥籠內關了一個小丑，小丑低頭跪著，伸出一隻手在籠外。
按照三毛父親陳嗣慶的說法，「他不知道犯了什麼罪，被三毛關
了起來。」[10]多麼奇特的三毛啊！「小丑」自然是她一生的最大癥
結，而合理化這個小丑情結，數學老師把三毛畫成花臉遊校園示眾
的「小丑劇情」，就貫徹始終成全了這一個創傷主軸。最熱愛讀書
的陳平，卻是學校出名的作弊生小丑，最滿腹才華的女兒，卻是關
在家裡7年的壞孩子；因為是小丑，要「囚禁」起來，小丑怕上街
遭人嘲笑，關在自己的枷鎖中反倒安全。毫無疑問，陳平成為後來
的三毛，就是要為自己平反，從自囚7年的屈辱小丑變成走遍世界
的艷麗彩蝶，以同樣的力道為自己的生存做出印記。

　　囚禁主軸在三毛擺脫了小丑心結後並沒有消失，她在1981年回
國定居後，仍然時時陷入自囚狀況，奇特的是，她和父母的關係並
沒有因為年長而改變，那一種徵求認同的強烈渴望，以及被拒絕後
的絕望，一再重演。1990年三毛寫給加那利群島張南施的信〈一九

---

[9]　三毛，〈你是我特別的天使〉，三毛，《送你一匹馬》，頁129-147，頁
　　143-144。

[10]　見李東，〈無處話淒涼 ── 三毛父母專訪〉〔附錄〕，李東，《三毛的夢
　　與人生》（台北縣：知書房出版，1997），頁235-238，頁238。

九〇年六月二十五日〉裡說：「我對於台北市，已經放棄了，起初
還好，後來一點一點拒絕了它，現在我住在一幢老公寓裡，不與人
來往，父母家中也不大回來，有時間都在看書，看書，有時候在國
外旅行。」[11]此時三毛又陷入自閉。〈週末〉一文：

> 迪化街上也有行人和商家，一支支筆塞進手中，我微
> 微的笑著寫三毛，寫了幾個，那份心也寫散了，匆匆回
> 家，關在房間裡話也懶得講。
> 自閉症是一點一點圍上來的，直到父母離家，房門深
> 鎖，才發覺這種傾向已是病態得不想自救。
> 那麼就將自己關起來好了，只兩天也是好的。[12]

　　囚禁之外，就是我們不得不面對的三毛主軸「自殺」。她一生
自殺許多次，正因為如此烈性，少年三毛是父母憂心的痛，成年三
毛以及中年三毛仍然以「自殺」作為她對人生的抗拒。〈寫給「淚
笑三年」的少年〉裡，她這樣說：

---

[11] 三毛，〈一九九〇年六月二十五日〉（給南施的信），三毛，《請代我問
候Echo Legacy》（台北：皇冠出版社，2014），頁177-179，頁177。
[12] 三毛，〈週末〉，三毛。《背影》，頁267-285，頁271。

　　　　跟你講一個故事。也曾經有過一個十三歲的少年，因
　　　為對人生找不到答案，在一個颱風之夜割腕自殺。當然，
　　　她被救了，手上縫了二十八針，這些針痕，至今留在她的
　　　左手上，一生都不能消去。她不只試了一次要放棄生命，
　　　她一生中試過三次，在二十六歲以前。留下的是兩個疤痕
　　　和至今救不回來的胃病。[13]

　　三毛的父親陳嗣慶對女兒的成長，說道三毛20歲以前，健康、
脾氣、觀念、敏感、任性和自棄，都是少見的，常常要出事，因此
三毛母親和他日夜生活在恐懼裡。[14]

　　三毛一生渴望得到家人認可，特別是她的爸爸。我們看到她在
家裡一直自認是被邊緣化的壞孩子，是一種羞恥，因為這個心結，
家人在一邊，她一個人獨自在一邊，永遠是孤獨的存在。父母不
「欣賞」她，是她最大的遺憾。三毛一再重申，人生最快樂的事情
是「溝通」，和他人在一起，能夠心靈相通而不需多話，是她認為
人間最快樂的事。漫長的寫作生涯中，三毛的家人對外宣稱不看她

---

[13] 三毛，〈寫給「淚笑三年」的少年〉，收在三毛，《談心　三毛信箱》，
　　頁151-161，頁155-156。
[14] 陳嗣慶〈序　女兒〉，三毛，《傾城》（台北：皇冠出版社，1985），頁
　　7-9，頁7。

的作品，三毛也不以為意，當然，這也很可能是陳家人的謙虛。三
毛的父親說：「在這個家裡，三毛的作品很沒有地位，我們也不做
假。」[15]但是我們注意到一點，三毛〈一生的戰役〉一文，提到她
父親稱許她的〈朝陽為誰而升〉，為此她有強烈反應，其文如下：

妹妹：

　　這是近年來，你寫出的最好的一篇文章，寫出了生命
的真正意義，不說教，但不知不覺中說了一個大教。謙卑
中顯出了無比的意義。我讀後深為感動，深為有這樣一枝小
草而驕傲。不是為我自己，而是為整個宇宙的生命，感覺有
了曙光和朝陽。草，雖燒不盡，但仍應呵護，不要踐踏。

父留

七二、四、八[16]

　　三毛的反應是：「等你這一句話，等了一生一世，只等你——
我的父親，親口說出來，肯定了我在這個家庭裡一輩子消除不掉

---

[15] 陳嗣慶，〈我家老二——三小姐〉，三毛，《鬧學記》（台北：皇冠出版
社，1988），頁10-21，頁14。
[16] 三毛，〈一生的戰役〉，三毛，《送你一匹馬》，頁167-180，頁168。

的自卑和心虛。」[17]突然間父親認同了她，稱讚她的文章，三毛總結：「這種想死的念頭，是父女境界的一種完成，很成功，而成功的滋味，是死也瞑目的悲喜。爸爸，你終於說了，說：女兒也可以成為你的驕傲。」[18]

當小丑變成爸爸稱許的「小草」，三毛洗除了少年恥辱，成為陳家的驕傲，父母因為女兒名聲大噪而跟著榮耀。然而，三毛在八〇年代中期身體出狀況，有一段時間淡出台灣文壇，也曾赴美國休養。1987年解嚴，三毛開始往中國大陸跑，四度赴陸，首先就是1989年5月返浙江定海小沙鎮祭祖。這一次關係重大，我們清楚看到，三毛家人對三毛返鄉造成的兩岸大轟動並不以為然。三毛從家鄉帶來的一把泥土和陳家老井的水，獻給父親，父母卻並無預期反應，姊弟們也沒有回來看她的照片。對於這一件事，陳父著墨甚多。可以這麼說，這是三毛和父母關係轉折的關鍵，明確地由熱轉冷。三毛曾說：「父親不肯跟我們同行，就是嫌我鋒頭太大，使他手足無措。」[19]

《皇冠》424（1989年6月）刊載三毛，〈悲歡交織錄——三毛

---

[17] 三毛，〈一生的戰役〉，頁169。

[18] 三毛，〈一生的戰役〉，頁179。

[19] 三毛，〈一九八九年七月八日〉〔致忘年之交—倪竹青〕，三毛，《請代我問候Echo Legacy》，頁200-207，頁205。

故鄉歸〉，三毛在上海見了《三毛流浪記》作者「三毛爸爸」張樂平（1910-1992），在蘇州杭州自覺成了林黛玉，昏倒6次，三毛這個時候顯然已經有精神狀況。[20]1990年7月刊載在《皇冠》月刊上的〈夜半逾城記　敦煌記〉，明確寫出了三毛和父母的疏離，大陸行前向父母道別，父母忙於看電視，相當冷漠，而三毛在長城上，卻著實感到了天地包容她，這才是她真正的「家」，其文如下：

> 站在萬里長城的城牆上，別人都在看牆，我仰頭望天。天地寬寬大大、厚厚實實的將我接納，風吹過來，吹掉了心中所有的捆綁。[21]

遊莫高窟時，三毛找到了自己靈魂的密碼，彌勒佛洞窟中，感受到了類似天啟的靈動。彌勒菩薩的洞窟中，三毛看到了自己少年時代自殺的場景，接著，菩薩說：

「來了就好。現在去吧。」[22]如果說三毛這時已經精神錯亂絕

---

[20] 三毛，〈悲歡交織錄──三毛故鄉歸〉，《皇冠》424（1989年6月）：31-44。

[21] 三毛，〈夜半逾城記　敦煌記〉，《皇冠》437（1990年7月）：86-99，頁89。

[22] 三毛，〈夜半逾城記　敦煌記〉，頁96。

非臆測。在此文最終，三毛說敦煌莫高窟鳴沙山的沙漠，就是她埋骨的地方，莫非，三毛在這裡找到了七〇年代撒哈拉大漠的人生感動？

1989年8月《皇冠》月刊刊登三毛父親陳嗣慶〈給女兒三毛的一封信　過去・現在・未來〉，這是窺探陳家父女關係轉變最重要的一篇文字。這裡他說：

> 你隻身一人去了中國大陸一個多月，回來後的第一件事情，就是交給了我兩件禮物。你將我父親墳頭的一把土，還有我們陳家在舟山群島老宅井中打出來的一小瓶水，慎慎重重的在深夜裡雙手捧上給我。也許，你期待的是──為父的我當場嚎啕痛哭，可是我沒有。我沒有的原因是，我就是沒有。你等了數秒鐘，突然帶著哭腔說：「這可是我今生唯一可以對你陳家的報答了。別的都談不上。」說畢你掉頭而去，輕輕關上了浴室的門。

> 你在家中苦等手足來一同看照片，他們沒有來。你想傾訴的經歷一定很多，而我們也盡可能撐起精神來聽你說話，只因為父母老了，實在無力夜談，你突然寂靜下來。你將那數百張照片拿去了自己的公寓不夠，你又偷走了我的那一把故鄉土和水。

　　大陸歸來之後，你突然的沉默我沒有再做他想，日子
也就過去了。

　　卻忘了，那時的你，並不直爽，你三度給我暗示，指
著那副照片講東講西，字裡兩個斗大的——「好了」已然
破空而出。[23]

　　陳嗣慶總結：「你聽了又是笑一笑，那種微笑使我感到你很陌
生，這種陌生的感覺，是你從大陸回來之後明顯的轉變，你的三魂
七魄，好似都沒有帶回來。你變了。」[24]

　　這封寫於1989年6月5日的信，無疑是陳父對自己女兒的公開訣
別書。可以說，從此以後三毛和父母及家人的關係已然終結。她的
情感依附開始往大陸延伸，1989到1990三毛四度遊大陸，又在海峽
兩岸掀起了三毛、王洛賓（1913-1996）黃昏之戀的大新聞。此外，
三毛1991年1月4日凌晨自殺的前三天（1月1日），仍然在給西安作
家賈平凹寫信。我們注意到陳嗣慶這位父親看自己的女兒三毛，
認為她自小最擅長的就是「交男朋友」。13歲時和家裡的女傭到了
東港，認識一名軍校學生，交了第一個男朋友，向對方謊稱自己16

[23] 陳嗣慶，〈給女兒三毛的一封信　過去‧現在‧未來〉，《皇冠》426
　　（1989年8月）：84-90，頁87。
[24] 陳嗣慶，〈給女兒三毛的一封信　過去‧現在‧未來〉，頁88。

歲。真正16歲時，開始把男朋友們帶來家裡，大方介紹給家人，不來接她不出去約會。1989年三毛已經46歲，仍然在「談戀愛」的人生階段上打轉，仍然在身體時好時壞，往往需要父母擔憂的階段停留。儘管三毛是台灣和大陸廣大年輕讀者的心靈導師、引領風潮的最受歡迎作家，對於她年邁病弱的父母來說，中年三毛的盛名和她持續戲劇化的人生無疑是一大負擔。這個負擔是，三毛像一個離不開父母的孩子，應該是她撫育下一代的時候，她仍然戀家，一旦父母力不從心，她就感同被棄，再往外地尋找歸依。

自殺

　　三毛究竟為什麼要自殺？這是每一個讀者都想了解所有真相，卻至今仍沒有一個令人信服和滿意解答的問題。當然我們可以說她自小就自殺，遲早要自殺，而且她頻頻告訴父母，如果有一天選擇這一條路，請他們不要難過，因為對她來說這是好的。但是，就這樣嗎？三毛13歲第一次自殺，26歲以前自殺過3次，那之後，自殺每每因為愛人死去，也就是感情上的重創，那麼這一次呢？誰拋棄了她呢？王洛賓拒愛？賈平凹遠不可及？還是三毛真正的和自己的娘家緣分盡了？從陳嗣慶的信看來，1989年首次大陸歸來，三毛已經和陳家決裂，這個重創持續到1990年年底，然後在1991年的1月3

日晚，和母親最後見面之後，完結和父母的情緣，奔向死亡。

1991年1月3日的夜晚，三毛母親和三毛談了什麼？我們無從得知，總之，有兩種可能，第一是有椎心之痛、無法釋懷的糾結，那一個夜，她輾轉難眠；第二種可能是三毛和母親關係已圓滿，了無牽掛，所謂「好了」。三毛坐在榮總病房浴室馬桶上，以絲襪纏頸，綁在身旁點滴架掛鉤上上吊，這哪裡是臨時起意？必然是醞釀已久的計劃，一再重複思考預謀，只等待恰當時機執行。如此一來，死前定然有某一件事引發自殺意志，而且堅定到絕無反悔餘地。是什麼事情引發了必死決心？

三毛可能有病，沒有對外公佈，這從後來家屬堅決不解剖遺體可看出端倪。如果是癌症，那麼就如馬中欣1996年1月10日於上海張樂平寓所採訪張樂平夫人馮雛音的說法：

　　一九九一年1月2日，她在台北榮總檢查身體，晚上打了一個電話給我，說她全身都長了癌症，非常緊張的樣子。我告訴她別怕，早一點檢查，趕快治療，沒事的。我極力安慰她，台灣檢查後，就到上海來玩，她要為乾爸張樂平寫傳記，同時，我給她安排最好的醫師，她說好，她會儘快來上海。就這樣，沒有想到，兩天後她「自殺」，簡直

　　不敢相信，這是不可能發生的事嘛！[25]

　　但是為何文字敘述都說三毛1月2日因子宮內膜肥厚入榮總檢查，1月3日進行檢驗性手術，判定為一般疾病而非癌症，1月4日凌晨，被發現自縊身亡？三毛沒有自殺的理由或跡象啊。如果說三毛身體沒有大礙，那麼就是她的精神再度出狀況，她認為她有病，或者說她想像她有致命的病症。這有極大可能，因為三毛一生想死，想死的念頭時時湧現，而一想死，病就來，她在撒哈拉沙漠時代就已有這樣的徵兆：

　　　『我在想——也許——也許是我潛意識裡總有想結束自己生命的欲望。所以——病就來了。』我輕輕的說。
　　　聽見我說出這樣的話來，荷西大吃一驚。[26]

　　三毛如果認為自己有重大疾病，在榮總這樣的大醫院，為何沒有會診精神科？她分明早先時時看精神科，根本不是秘密。三毛1984年赴美度假治病，1985年曾一度喪失記憶，精神錯亂。那麼就

---

[25]　馬中欣，《三毛之謎》（台北：旗林文化，2009），頁176-177。
[26]　三毛，〈死果〉，三毛，《撒哈拉的故事》（台北：皇冠文化，1991），頁147-167，頁166。

是，三毛此次入院，已經決意自殺，只是沒有告訴任何人。

三毛被發現身亡的1月4日早晨，榮總清潔工7點多發現，三毛母親8：30趕到現場，警方卻在10：15左右才到現場，這中間有一個多小時的時間，為何警方可以如此疏忽？三毛母親說女兒「自然冥歸」，相貌安詳，警方說三毛自縊痕跡明顯。〈無處話淒涼——三毛父母專訪〉一文，三毛母親堅持女兒是「自然冥歸」，三毛的死因對她是一團謎，所謂自縊現場，三毛是端坐在馬桶蓋上，雙手合抱作祈禱狀，頭微垂而臉容一片安詳，吊頸的絲襪是如同項鍊般鬆鬆掛在脖子上，項子上無勒痕，也沒有氣絕的掙扎痕跡。她同時說，三毛出事那晚不時玩弄著那雙絲襪，她以為那絲襪是三毛出院要穿的，也沒多問。[27]古繼堂〈死得怪異‧突然‧奇巧〉一文：「10時10分警方現場勘察和驗屍，見三毛身穿白底紅花睡衣，脖頸上有深而明顯的絲襪吊痕，由頸前向上直到兩耳旁，舌頭外伸，兩眼微張，血液已沉於四肢，呈灰黑色。驗屍的法醫從現場和屍體跡象推測，三毛死亡時間為凌晨2時。並經現場勘測認為，三毛陳屍的浴室內設有馬桶扶手，只要三毛有絲毫的求生意願，稍微動一動手，便可轉危為安，脫離危險；轉死為生，脫離痛苦。遺憾的是，三毛沒有！」[28]另外，「警方提供的情況是：當醫院的清潔工發現

27　李東，〈無處話淒涼——三毛父母專訪〉，頁235。

28　古繼堂，〈死得怪異‧突然‧奇巧〉，張景然編著，《哭泣的百合：三毛

三毛的屍體時，『三毛的身子半懸在馬桶上方，已氣絕身亡。一條咖啡色的絲襪，一頭套住三毛的脖頸，一頭綁掛在吊滴液瓶用的鐵鉤上』。警方把三毛的遺體抬到病床上進行驗屍。」[29]

這裡的疑點當然是警方為何遲遲趕到？還是，三毛的母親在病房時，沒有通知警方，等到母親覺得時機到了才報警？發現自殺，首先當然是通知家屬，家屬通知不到才會通知警方。如此三毛的母親是關鍵人物。母親似乎沒有太大驚嚇、無法接受突來噩耗，反倒是說女兒安詳冥歸，也許母親早知道三毛將死，如此三毛死前一晚和母親繆進蘭的談話就成了歷史之謎。警方在驗屍單死亡原因欄寫下的「因病厭世」，顯然是三毛母親的指示。也就是說，三毛自殺，不是噩耗，而是一個華麗的下台，她選擇了在一個生生死死的地方，一個生命誕生和死亡最正常頻繁的地方自己了結生命。三毛在人間選擇了生死交界的醫院，作為她魂魄出發往快樂天堂的地方，可以說，三毛死得其所了。

這裡我們還得面對一個最詭異的事件，那就是三毛自殺的方式，或者說她的死狀。跪坐馬桶上吊，無疑是奇異的。直面人生已經很難，遑論直面人死，尤其是三毛這樣的非自然死亡，就連自殺，都和別人不一樣。有一個線索極其重要，那就是1981年11月到

死於謀殺》（北京：中國盲文出版社，2001），頁19-20，頁20。
[29] 張景然編著，《哭泣的百合：三毛死於謀殺》，頁101-102。

1982年5月，三毛經《聯合報》贊助往中南美洲旅遊，來到墨西哥時，發現有「自殺神」這樣的神祇。而這個自殺神，就是跪坐吊在樹上。三毛〈街頭巷尾〉一文：

> 　　後來第二次我自己慢慢的又去看了一次博物館，專門研究自殺神，發現祂自己在圖畫裡就是吊在一棵樹上。
> 　　世上無論那一種宗教都不允許人自殺，只有在墨西哥發現了這麼一個書上都不提起的小神。我倒覺得這種宗教給了人類最大的尊重和意志自由，居然還創出一個如此的神，是非常有趣而別具意義的。[30]

　　這幾年漸漸有網路文章直接點出，三毛的死狀恰恰就是此自殺神姿勢。夢西筆潭的網路文章〈名人三毛靈異四‧三毛的靈異之詭異的自殺〉裡，有如下文字：

> 　　瑪雅文化中是很重視和推崇死亡的。在瑪雅文化中的九聯神中，最後一位是守護自殺者的女神伊希塔布（Ixtab）。自殺神的職責是讓人有尊嚴的、安然的選擇離

---

[30] 三毛，〈街頭巷尾〉，三毛，《萬水千山走遍　中南美紀行　第一輯》（台北：聯合報社，1982），頁22-37，頁27。

開世界的方式。這是一種其他文化與宗教中完全沒有的神！因為世上無論哪一種宗教都是禁止人自殺的。（但是我覺得和《冰與火之歌》中的千面之神很相像！）在見到自殺神伊希塔布之後，三毛非常感興趣，做了深入研究。而她覺得這種罕見的宗教「給了人類最大的尊重和意志自由」，非常讚賞。

關鍵點來了。大家都知道三毛是坐在廁所上吊自殺的，知情人稱姿態十分安詳。這和「自殺之神」伊希塔布的神態簡直一模一樣。伊希塔布就是一個半蹲上吊的安詳女子形象！[31]

另外，網路文章〈墨西哥不只有捲餅，隨三毛領略拉美風物〉也有類似文字如下：

三毛離開這個世界的方式，總覺得與這位瑪雅神有著某種關聯。自殺女神伊希塔布屬於瑪雅神話的伊特薩姆納神族。古瑪雅視自殺為通往天堂之路，特別是上吊自殺，

　　因此伊斯塔布也被稱為天堂領路人。[32]

　　這些觀察可謂重大發現。三毛的死狀怪異，原來是墨西哥自殺神的啟發，如果女神伊希塔布（Ixtab）是天堂引路人，那麼三毛在馬桶上跪坐自縊，正是通往天堂。這裡再次檢視三毛母親對女兒死狀的描述，更令人心驚。她堅持女兒是「自然冥歸」，三毛端坐馬桶蓋上，雙手合抱作祈禱狀，頭微垂而臉容安詳，吊頸的絲襪是鬆鬆掛在脖子上。[33]三毛的死狀，不正是此自殺女神的翻版？果然是「自然冥歸」啊。

　　三毛一生視死如歸，對她來說，死亡毫不可怕，更確切的說，活著才可怕。三毛突然自殺，不給任何人告別的機會，還凸顯出一個奇特的現象，那就是她一生經歷的死亡似乎都是「來不及告別」，或者說「意外死亡」。我們看三毛的德國未婚夫結婚前夕心臟病突發死亡、荷西是潛水意外死亡。三毛1973年寫過一首中國現代民歌〈不要告別〉，全部歌詞是：「我醉了，我的愛人／我的眼睛有兩個你，三個你，十個你，萬個你／不要抱歉，不要告別／在

---

[32] 網路文章〈墨西哥不只有捲餅，隨三毛領略拉美風物〉2016/3/26來源：搜狐。原文網址：https://read01.com/NndNJB.html，最近查閱時間2/14/2019。

[33] 李東，〈無處話淒涼——三毛父母專訪〉，頁235。

這燈火輝煌的夜裡／沒有人會流淚，淚流……／我醉了，我的愛人／不要，不要說謊／你的目光擁抱了我／我們的一生已經滿溢／不要抱歉，不要告別／在這燈火輝煌的夜裡／沒有人會流淚，淚流……」。這裡的重點顯然是：當一個人的一生已經滿溢，實在不需告別，多此一舉了。三毛〈結婚禮物〉一文裡說：「荷西在婚後的第六年離開了這個世界，走得突然，我們來不及告別。這樣也好，因為我們永遠不告別。」[34] 不告別，成了她的某種奇特密碼。除此之外，她喜歡說的是「出發」，出發象徵告別，但是卻是正向奔赴前程，而非負面終結旅途。三毛中南美紀行演講中有這樣一段話：

> 我喜歡做的第一件事情，是「出發」。我不說離別，事實上每一次旅程裡，出發的時候也象徵了告別；但是我喜歡將離別形容為「出發」，它本來就是一體兩面的。[35]

---

[34] 三毛，〈結婚禮物〉，三毛，《我的寶貝》（台北：皇冠出版社，1987），頁68-70，頁69。

[35] 三毛，〈遠方的故事　中南美紀行演講實錄〉（丘彥明記錄），三毛，《高原的百合花──萬水千山走遍續集》（台北：皇冠出版社，1982），頁113-171，頁141。

這樣看來,三毛的最終死狀絕非怪異,而是她精心預設的出離人生舞台方式,隨著墨西哥自殺女神的引導,通向快樂天堂,不需告別的出發。[36]

快樂天堂:女浪人、自然之子

三毛對七〇、八〇年代的台灣青年,以及八〇年代中國改革開放後的大陸青年最大的影響,當然就是她的流浪精神。她提供了一個勇敢闖天涯的女浪人姿態,特別是早期的小說集《撒哈拉的故事》,無意帶動了整整一代台灣年輕人向外奔走的風潮。三毛究竟是怎樣的女浪人呢?她為何出走?出走後去了哪裡?又如何在外地生活?對照出國前的自閉、小丑與囚禁人生主軸的陳平,出國後的三毛人生主軸為何?

---

[36] 關於三毛死因,有許多不同說法。三毛至交眭澔平說,他不認為三毛是蓄意自殺,或許是憂鬱症的困擾。見眭澔平,《三毛最後一封信》(台北縣新店市:人類智庫文化,2010),頁375。黃光國認為三毛自殺是殺死了陳平,三毛活下來。「因為『三毛』沒死,死的是陳平!更清楚地說,三毛之死和三島之死有一點根本的不同:三島的自殺,是自我生命的完成,三毛的自殺卻是在逃避真是的自我。」見黃光國,〈三島與三毛:自我的追尋與逃避〉,蔡振念編選,《三毛(一九四三──一九九一)》,頁253-261,頁261。

　　三毛的反體制，核心關鍵就在於，她是一個徹底的自然之子，唯獨在與自然融合的時候最快樂。這樣的精神境界涉及的是獸性與神性，唯獨不涉世俗人情。1967年三毛出國，先後在西班牙、德國、美國伊利諾州駐足，這段時間她曾和德國青年J交往，也有婚嫁打算，從她這段時間給家人的信中可以清楚看到。然而奇特的是，陳平彷彿步上她的老師胡品清（1921-2006）後塵，對於做一個外交官夫人其實並不適志，也不稀罕。1971年，三毛回到台北，經歷兩次婚變，2年後再度遠走西班牙。說來陳平的人生的確非常「戲劇化」，甚至有一種貴族式的驕縱，每當遇到情傷，就要自殺。為了防範自殺，她再度遠離傷心地台灣，回到讓她快樂的西班牙。陳平的老師胡品清對她的描述最貼切：「一個令人費解的、拔俗的、談吐超現實的、奇怪的女孩，像一個謎。」「喜歡追求幻影，創造悲劇美，等到幻影變為真實的時候，便開始逃避。」[37]另外，在眾多對三毛評價中，令人眼睛一亮的是朱西甯（1927-1998）以「唐人三毛」稱許她；「他國人每稱中國人為唐人，三毛才真的配是唐人那種多血的結實、潑辣、俏皮、和無所不喜的壯闊。」[38]

[37] 桂文亞，〈飛。三毛作品的今昔〉，三毛，《雨季不再來》（台北：皇冠文化，1976，典藏版1991），頁223-231，頁228。原載《皇冠雜誌》268（1976年6月）。

[38] 朱西甯，〈唐人三毛〉，三毛，《溫柔的夜》（台北：皇冠雜誌社，

朱西甯堪稱三毛知音，三毛自己也說：「我要好好的看守自己，對待自己，活得像一個唐人女子，來報答我們共同的父母。他們的名字，也叫中國，正如你我。」[39]

　　女浪人衝破台灣教育和社會體制，勇敢闖蕩天涯，在大自然中找到歸依。她在大家往美國留學的年代去了歐洲，這當然因為三毛的爸爸陳嗣慶在西班牙有朋友可以照顧女兒，但我們也清楚看到，三毛一生多次赴美，卻始終不喜歡美國，甚至是厭惡美國。三毛〈一九六九年一月十四日〉寫給姊姊的信：「如果J不失敗的話，冬天我們找事結婚，如果通不過考試，我希望回台灣來，因為長期用爹爹錢心中實在不是滋味，美國人情淡薄我亦不想去」，[40]美國的高度資本主義社會，人情的冷漠，每每使她受創。1984年她寫給丁松青神父（Fr. Barry Martinson 1945- ）的信中也說，加州的人很好，陽光絢爛，街道乾淨，但她不屬於這裡，非常寂寞孤單。[41]反觀三毛一生鍾愛的西班牙，浪漫奔放的民族性，卻是最適合她浪人

1979），頁4。

[39] 三毛，〈祝福中國〉，三毛，《談心　三毛信箱》（台北：皇冠文化，1985），頁27-29，頁28。

[40] 三毛，〈一九六九年一月十四日〉（給姊姊的信），三毛，《請代我問候Echo Legacy》，頁12-14，頁13。

[41] 三毛，〈一九八四年二月二十一日〉（給Barry的信），三毛，《請代我問候Echo Legacy》，頁150-152，頁150。

性格的國家，同時，三毛和荷西的生活方式，無疑也有七〇年代嬉皮運動色彩。三毛愛西班牙，時時掛在嘴邊，〈夏日煙愁1982年的西班牙〉一文：「天暗了，原野上的星空亮成那個樣子，一顆一顆垂在車窗外，遼闊的荒夜和天空，又使我的心產生那熟悉的疼痛。對西班牙這片土地的狂愛，已經十七年了，怎麼也沒有一秒鐘厭倦過它？這樣的事情，一直沒有答案。」[42]

除了西班牙，最能夠與三毛連結的自然景觀就是沙漠。為什麼是沙漠呢？從1973到1976定居北非西屬撒哈拉沙漠，到1989年遊甘肅莫高窟鳴沙山沙漠，她都是這樣的癡心投入，究竟為了什麼？在〈哭泣的駱駝〉一文中，三毛這樣寫沙漠：

> 世界上沒有第二個撒哈拉了，也只有對愛它的人，它才向你呈現它的美麗和溫柔，將你的愛情，用它亙古不變的大地和天空，默默的回報著你，靜靜的承諾著對你的保證，但願你的子子孫孫，都誕生在它的懷抱裡。[43]

這裡我們看到，三毛眼裡，沙漠的偉大就在於它亙古不變、默默接納眾生的包容性。大地、天空，這種大自然的永恆，正是三毛

---

[42] 三毛，〈夏日煙愁1982年的西班牙〉，《傾城》，頁239-265，頁248。
[43] 三毛，〈哭泣的駱駝〉，三毛，《哭泣的駱駝》，頁91-153，頁126。

筆下的天地之美，一再重複的價值。三毛寫加那利群島的〈逍遙七島遊〉，有一段耐人尋味的文字：

> 荷西與我離了車站，往一條羊腸小徑走下去，兩邊的山崖長滿了蕨類植物，走著走著好似沒有了路，突然，就在一個轉彎的時間，一片小小的平原在幾個山谷裡，那麼清麗的向我們呈現出來，漫山遍野的白色杏花，像迷霧似的籠罩著這寂靜的平原，一幢幢紅瓦白牆的人家，零零落落的散布在薄得如同絲絨的草地上。細雨裡，果然有牛羊在低頭吃草，有一個老婆婆在餵雞，偶爾傳來的狗叫聲，更襯出了這個村落的寧靜。時間，在這裡是靜止了，好似千萬年來，這片平原就這個樣子，二千萬年後，它也不會改變。[44]

三毛筆下的異域，無論是撒哈拉沙漠還是大加那利群島，都有沈從文（1902-1988）的湘西風格，永恆的寧靜、強韌無聲的生命延續、如天地間動植物般生活的人群。這種生生世世、亙古不變、融入四季生滅的村民生活，正是三毛寫出的生命感動，一個自然之

---

[44] 三毛，〈逍遙七島遊〉，三毛，《哭泣的駱駝》，頁155-191，頁180。

子的寧靜和永恆。不僅是寧靜，而且是一種被大自然慈母擁抱的安全和溫暖。三毛在大自然中找到安全，而台灣制式化框架的束縛，對三毛來說無疑就是刑罰。〈銀湖之濱——今生〉一文，三毛寫厄瓜多爾，有這樣的感慨：「在台灣的時候，曾經因為座談會結束後的力瘁和空虛偷偷的哭泣，而今一個人站在曠野裡，反倒沒有那樣深的寂寞。我慢慢地往村內走去，一面走一面回頭看大湖。」[45]寧願自己隨時消失在世界任何一個角落，就是不要在台灣，這個奇特的尋死、而且要死在異鄉的心境，我們在後來朱天文和朱天心的筆下再次看到。果然，《三三集刊》的成員和朋友都有一種荒人、廢人、浪人心態，而這一切的最初原創，竟然就是三毛。

三毛要的就是天然、絕不雕飾；一切世俗都是醜惡，而一個人變得世故，簡直就是罪惡。她在文化大學教書，也告誡學生，如果他們變得世故，被社會染缸同化，就不是她的學生。

> 回過來說我的教學和孩子，我知道要說什麼。孩子，我們還年輕，老師和你們永遠一起年輕而謙卑，在這份沒有代溝的共同追求裡，做一個勇士，一個自自然然的勇士。如果你，我的學生，有朝一日，屈服於社會，同流合

[45] 三毛，〈銀湖之濱——今生〉〔厄瓜多爾紀行〕，三毛，《萬水千山走遍 中南美紀行 第一輯》，頁118-139，頁132。

污，而沒有擔起你個人的責任和認知，那麼，我沒有教好你，而你，也不必再稱我任何一個名字。[46]

　　世俗在三毛眼裡就是惡質，世故，更是罪惡。她一生最大的努力就是「反世故」。一種至情至性、赤子之心，就是三毛畢生提倡的價值。三毛真正快樂的歲月，就是可以放懷做自己，無論是出國浪遊、融入自然，還是關在自己的房子裡優遊自得。在台灣制式化的社會裡，她是小丑；離開台灣島，就海闊天空，大自然可以接納她、素不相識的人可以欣賞她，家，是任何一個可以棲息靈魂的地方。更確切的說，三毛的快樂天堂，就是遠離人群，安全地在自己的世界中遨遊，身心舒暢，沒有任何壓力。因此，除了融入大自然，她自閉的囚牢，其實正是她的快樂天堂。三毛1989年〈我的快──樂──天──堂〉一文值得細細審查：

　　　　原來，在我的一生裡，最愛的──東西，被我理了出來。
　　　　衣裳。布料。
　　　　房子。建築。
　　　　衣裳包裹我的肉體。房──子，將我與外界隔絕。──

---

[46] 三毛，〈野火燒不盡〉，三毛，《送你一匹馬》，頁97-110，頁109。

　　造就我那──緊張分分的──靈魂。

　　　對，我就是那種，那種靈肉一定要合一的人。[47]

　　三毛的快樂天堂竟然就是房子，一個可以自閉的安全所在，房子可以「防止」他人入侵，讓她獨自遨遊其中，如此說來，三毛最終選擇在榮總病房自縊，竟然是她的最高快樂。

荷西 Jose Maria Quero Y Ruiz

　　為什麼是荷西，而不是任何一個中國男人？也不是那位等了她幾十年的德國外交官J？這還是跟「世俗」有關。世俗的「成功」，恰恰是三毛字典中的「墮落」，而三毛的珍貴品質，正是世俗男人最吝於給予的實質陪伴。三毛要的就是單純的夫妻生活，或者說，命運共同體的相依為命，那正是荷西和三毛的關係。荷西顯然不是一個最佳丈夫人選，就是一個平凡的西班牙青年，職業是潛水夫，還常常失業。但是，他卻有三毛眼中最高貴的品質：光明、善良、單純。在夏木〈假如。還有。來生。〉的三毛採訪稿中，三毛這樣形容荷西：「他是一個心如皎月，身如冬日暖陽的人，他

---

[47] 三毛，〈我的快──樂──天──堂〉，三毛、蔣勳、凌晨、蘇來，「我住過的房子」【特別專輯】，《皇冠》430（1989年12月）：43-51，頁45。

身上有一種特別的光芒，照耀著別人，我們結為夫妻，他把這種光芒反射給我。」[48]三毛曾這樣評論男人：「可是在另外幾方面我的要求絕對嚴格：那就是道德和勇氣。我也曾經遇到過很多優秀的男孩，他們卻有一個缺點：對於幸福的追求，沒有勇氣一試，對於一件當仁不讓，唾手可得的幸福，如果不敢放手一試，往往是一個完美主義者。——我並不欣賞。」[49]

進一步說，三毛的荷西，根本就是唐傳奇〈聶隱娘〉裡的磨鏡少年；而自許要活得像個唐人女子的三毛，正是俠女聶隱娘。[50]1974年台灣還是戒嚴時期，中華人民共和國已經進入聯合國，但是台灣仍自稱唯一合法的所謂自由中國。這時，浪遊歐洲的自由中國女子陳平Echo Chen選擇了西班牙青年荷西Jose Maria Quero Y Ruiz，儘管她寫了許多永恆愛情詩篇，但對父母說明的才是值得審查的真實版本：結婚就是為了身份，為了簽證到期，要留在國外

[48] 三毛，〈假如。還有。來生。〉（夏木採訪），三毛，《我的快樂天堂》，頁201-207，頁202。

[49] 三毛，沈君山，〈兩極對話——沈君山和三毛　談話紀錄〉，三毛，《夢裡花落知多少》（台北：皇冠出版社，1981），頁263-288，頁279。

[50] 唐人傳奇〈聶隱娘〉是唐代俠女故事中的一篇，俠女的特點有三：忍情斷愛、伸張正義，以及重視「士為知己者死」這種男性間的知己情感。聶隱娘嫁給平凡的磨鏡少年，完全是為了應付世俗規範，避免自己顯得太怪異，少有夫妻之情。參見張雪媃，〈唐代傳奇中的女俠〉，《當代》126（1998年2月）：114-127。

就必須結婚，〈一九七四年一月二十五日〉三毛寫給父母的信：

> Jose去非洲了，他來信一再催我快去，我沒有證件之
> 前不會去。爹爹，我的婚事，你們不能當台灣的婚事一樣
> 來看，因為台灣婚姻是「大事」，如姊姊，如寶寶，此地
> 婚姻一般人比台灣還看得重，我和荷西不是太鑽牛角尖的
> 人，我們只是想生活在一起，那麼結個婚方便一點，我也
> 要改國籍，所以你們不要愁，我天涯海角都可去，倒不是
> 為荷西，而是生性喜歡在異鄉，況且我做荷西的妻子，也是
> 誠意的，我並不喜歡有太重的社會負擔，就是說，我現在最
> 看重的是心靈的自由，只要做事不太離譜，就不去多想。
>
> 爹爹，姆媽，我的婚事只是改國籍和與荷西生活在一
> 起而已。[51]

也就是說，三毛確實如李敖所說，是瓊瑤的變種，販賣愛
情。[52]瓊瑤在戒嚴時期創造愛情神話，達到安定人心作用，而三

---

[51] 三毛，〈一九七三年十二月二十六日〉（給父母的信），三毛，《請代我
問候Echo Legacy》，頁41-42，頁41-42。

[52] 李敖〈三毛式偽善〉一文，有這麼一段話：「比起瓊瑤來，三毛其實是瓊
瑤的一個變種。瓊瑤的主題是花草月亮淡淡的哀愁，三毛則是花草月亮淡

毛，創造了異國戀情的浪漫天地，當然也是天方夜譚。然而，值得探討的不是「異國戀」，而是這種戀情的特質。三毛和人的關係最特別的一點就是「知己」，她一再強調的是人與人的心靈相通。三毛和眭澔平的對話：「跟一個人可以溝通的時候，那簡直是我最快樂的事情！是一種『狂喜』，真的是一種『狂喜』！」[53]而她和荷西、她和丁松青神父，甚至後來對王洛賓、賈平凹，都有一種明確的「知己」、「賞識」成分，更確切的說，三毛的愛正是唐人傳奇裡的俠女風格。

這裡再次提醒，三毛說要活得像一個唐人女子，其實三毛一生都不在談戀愛，而是尋找知己。她渴望的是一種人與人之間的溝通和賞識，因此，她幫助張拓蕪（1928-2018）只因為讀他的作品《代馬輸卒手記》、她拜徐訏為乾爸只因為她讀的第一個長篇小說是《風蕭蕭》、她稱張樂平乾爸也只因為她看的第一本漫畫是《三毛流浪記》、她1990年4月遊新疆，受託轉交稿費而結識王洛賓、她到了西安就想到住在西安的作家賈平凹（1952-）。這

淡的哀愁之外，又加上一大把黃沙。」李敖以他一貫的刻薄，說三毛不是美女，卻大談愛情，而且聲稱去非洲幫助黑人，大有「作秀」成分。見新浪博客網路部落格：李敖大師，〈「三毛式偽善」和「金庸式偽善」〉（1981年作），《李敖雜文選》，2007-5-19 05：34，http://blog.sina.com.cn/s/blog_559a7b13010009s6.html。最近查閱時間2/18/2019。

[53] 眭澔平，《三毛最後一封信》，頁61。

是一種因為文藝的相知而結交其人的浪漫行為，根本就是唐人小說〈虬髯客傳〉裡的風範。當然，放在現代社會就顯現出三毛的怪異，甚至不正常。三毛的交往模式就是唐人風格化（stylized）交往，絕非世俗的男女之愛。說得更確切些，她是精神戀愛的靈性女子，這一點，和大眾對異國戀情或一般男女戀情，往往首先關注肉體關係恰恰相反。對三毛極感興趣卻又不夠厚道的馬中欣引胡因夢形容三毛的話：「靈性很高，很叛逆，父母的愛心最重要」，接著他倒是說了一句公道話：「三毛是通俗作家中的異數，她的文章透過靈性，叛逆，愛心，感動了工廠女工，感動了大學教授。」[54]「靈性」確實是觀察三毛的重點，別忘了三毛的老師胡品清在六〇年代就不斷的說Echo是一個「超現實」的小女孩，而且充滿靈性。[55]

再回到原先的問題，三毛與荷西的婚姻。三毛1974年需要身分，而且荷西是在三毛心碎出國時再度重逢的癡心男孩，一個能夠包容她、了解她，讓她可以全然做自己的伴侶。他們的關係應該是相依為命的成分遠遠大過愛情。三毛1967年出國後封筆，近十年後再度寫作，原因正是荷西失業，她不得不大量創作賺取稿費。〈一

54　馬中欣，《三毛之謎》，頁70。

55　張雪媃，〈胡品清寫水晶球世界〉，張雪媃，《當代華文女作家論》（台北：秀威資訊，2013），頁9-29，頁24。

九七四年四月〉給父母的信裡提到荷西1973年整年沒有工作，後來
似乎也常失業，三毛因此必須時時擔負起經濟責任。〈一九七四年
十月十一日〉給父母的信：

> 我九月二十六日寄出的稿子，居然在《聯合副刊》十
> 月六日刊出來，故事叫〈中國飯店〉，筆名用的是「三
> 毛」，不知你們看見沒有？也許你們太忙了，不會注意
> 到，我今天看見報紙，真是嚇了一跳。荷西提水回來，我
> 大叫告訴他，我們很高興，可惜他不懂中文，這一點是寂
> 寞，他是外國人，不能懂得我心裡所有的事，連我寫的東
> 西也看不懂，實在是很遺憾。[56]

　　三毛一再聲明，從來沒有立志做作家，她的再度寫作，竟然是
為了補貼家用，稿費，就是她的動機。因緣巧合，她在那個文化真
空的七〇年代開發了絕無僅有的異國戀、逍遙遊另類大眾通俗文
學，經由出版家平鑫濤（1928-2019）的大力吹捧，成了瓊瑤之外
的另一《皇冠》當家女將，台灣最紅的女作家。從1974年10月6日
《聯合報》發表的〈中國飯店〉開始，三毛沒再停筆。荷西的失業

---

[56] 三毛，〈一九七四年十月十一日〉，三毛，《請代我問候Echo Legacy》，
頁65-67，頁65。

造就了作家三毛，而三毛的成功也迫使荷西退位。實際人生的愛情不再，文字裡的愛情浮現。1976年5月初版《撒哈拉的故事》、1976年7月初版《雨季不再來》、1977年6月初版《稻草人手記》、1977年8月初版《哭泣的駱駝》、1979年2月初版《溫柔的夜》，而1979年9月30日荷西離奇死亡，正式為此愛情神話畫下句點。荷西，從來就不重要，正如聶隱娘嫁的磨鏡少年不重要。但是1979年開始，如何撐起沒有荷西的文學世界，才是三毛的最大課題。我們也看到，她後來的十多年，漸次匱乏、掏空，成了出版家的搖錢樹。三毛為賺稿費開始寫作，《皇冠》為衝發行量捧紅三毛，雙方都收益，他們共同經營的是愛情工廠，瓊瑤負責台灣，三毛負責國際。這裡赫然看到三毛母親繆進蘭在三毛死後的〈哭愛女三毛〉一文，相當有控訴性：

> 孩子走了，這是一個冰冷殘酷的事實，我希望以基督教的方式為她治喪。她有今天的文學事業，都是聯合報培養的，我也希望請聯合報來主持治喪事宜。聯合報造就了她，我也希望報社給予鼎助，使她走得風風光光的。[57]

---

[57] 繆進蘭，〈哭愛女三毛〉，張景然編著，《哭泣的百合：三毛死於謀殺》，頁278。

《聯合報》捧紅了三毛，卻也不經意地把三毛送上了絕路。一個像捧明星一樣捧作家的社會，令人深思。

文化商品

《皇冠》在三毛驟逝的當下，1991年2月號的444期刊登紀念特別文集「心目中的三毛：夢中的橄欖樹」，不忘大賣「人間絕響」三毛遺作。平鑫濤對三毛自殺的回應是〈這件事太意外了〉，全文如下：

> 聽到這件不幸的事，我非常震驚，前些時，她從新疆回台，希望能寫一本有關這趟旅行的書。半個月前，我們通過電話，她的心情十分愉快，還說改天有空要來我家聊天、吃飯。我們也為《滾滾紅塵》這本書的封面認真地討論過……
>
> 真對不起，我實在太難過了，無法有一個清楚的回憶。還記得我主編聯副時，最初刊登她從西班牙寄來的作品時，我還不認識她，後來才知道，過去曾在他弟弟家裡有過一面之緣。以前，每回她去看病，都會掛電話告訴我，這一次卻未通知，她生前曾多次自殺的意念，這回並

　　沒有跡象。這件事太意外了。我現在很擔心她的父母。伯
　　父伯母身子並不是很好。
　　　　我實在不敢相信這件事，也非常無助。[58]

　　平鑫濤非常無助？如此雲淡風輕。

　　三毛在1962年以本名陳平發表兩篇小說，《現代文學》雜誌上
的〈惑〉，以及《皇冠》上的〈月河〉，這時她只有19歲。十多
年後三毛再度提筆，從1974年10月6日《聯合報》發表署名三毛的
〈中國飯店〉開始，三毛沒停過筆，一直寫到她出離人生舞台。三
毛一生以行動繪出浪遊彩圖，成就一個世代的奇人奇文，從反抗教
育體制的翹課生、自囚小丑，到大膽走世界的女浪人，攜手西班牙
大鬍子遊走沙漠的奇女子，再到回台後扮演傳播大愛的心靈導師，
三毛的形象和責任一直改變，但是始終不變的是她文字的原初純
真、天然不雕飾的美善。從自閉小孩到最受歡迎的作家，三毛從小
丑變為彩蝶，為自己的早年創傷平反了，卻也不自覺地成為了出版
家的文化商品。台灣文化界真相，黃光國（1945-）一語道破：

　　　　請放心，在我們這個不講究追求超越性絕對價值的文

---

[58]　平鑫濤，〈這件事太意外了〉，李東，《三毛的夢與人生》，頁222-223。

化裡，在這個「商品文藝」盛行的時代裡，仍然有許多出版商會營造一個又一個浪漫多情的三毛。[59]

*本篇收在〈三毛的快樂天堂〉。《世新中文研究集刊》16（2020年7月）：1-32。

*本篇縮短版收在〈重讀三毛〉。《文訊》409（2019年11月）：96-103。

引用書目

三毛。《雨季不再來》。台北：皇冠文化，1976。典藏版1991。

——。《哭泣的駱駝》。台北：皇冠文化，1977。

——。《溫柔的夜》。台北：皇冠雜誌社，1979。

——。《背影》。台北：皇冠出版社，1981。

——。《夢裡花落知多少》。台北：皇冠出版社，1981。

——、沈君山。〈兩極對話——沈君山和三毛　談話紀錄〉。三毛。《夢裡花落知多少》。台北：皇冠出版社，1981。頁263-288。

——。《萬水千山走遍　中南美紀行　第一輯》。台北：聯合報社，1982。

——。〈遠方的故事　中南美紀行演講實錄〉（丘彥明記錄）。三毛。

59　見黃光國，〈三島與三毛：自我的追尋與逃避〉，頁261。

《高原的百合花──萬水千山走遍續集》。台北：皇冠出版社，
　　1982。頁113-171。

──。《高原的百合花──萬水千山走遍續集》。台北：皇冠出版社，
　　1982。

──。《送你一匹馬》。台北：皇冠出版社，1983。

──。《我的快樂天堂》。台北：皇冠出版社，1985。

──。《談心　三毛信箱》。台北：皇冠文化，1985。

──。《傾城》。台北：皇冠出版社，1985。

──。《我的寶貝》。台北：皇冠出版社，1987。

──。《鬧學記》。台北：皇冠出版社，1988。

──。〈我的快──樂──天──堂〉。三毛、蔣勳、淩晨、蘇來。「我
　　住過的房子」【特別專輯】。《皇冠》430（1989年12月）：43-51。

──。〈悲歡交織錄──三毛故鄉歸〉。《皇冠》424（1989年6月）：
　　31-44。

──。〈夜半逾城記　敦煌記〉。《皇冠》437（1990年7月）：86-99。

──。《撒哈拉的故事》。台北：皇冠文化，1991。

──。《請代我問候 Echo Legacy》。台北：皇冠出版社，2014。

沈謙。〈三毛的人格與風格〉。蔡振念編選。《三毛（一九四三──一九九
　　一）》。台南市：台灣文學館，2016。頁229-242。

蔡振念編選。《三毛（一九四三──一九九一）》【臺灣現當代作家研究資
　　料彙編】89。台南市：台灣文學館，2016。

李瑞。〈無言的告別〉〔附錄〕。李東。《三毛的夢與人生》。台北縣：
　　知書房出版，1997。頁230-232。

李東。《三毛的夢與人生》。台北縣：知書房出版，1997。

──。〈無處話淒涼──三毛父母專訪〉〔附錄〕。李東。《三毛的夢與人生》。台北縣：知書房出版，1997。頁235-238。

淩晨策劃。〈三毛的故事〉。《皇冠》384（1986年2月）：46-59。

陳嗣慶。〈序　女兒〉。三毛。《傾城》。台北：皇冠出版社，1985。頁7-9。

───。〈我家老二──三小姐〉。三毛。《鬧學記》。台北：皇冠出版社，1988。頁10-21。

────。〈給女兒三毛的一封信　過去・現在・未來〉。《皇冠》426（1989年8月）：84-90。

馬中欣。《三毛之謎》。台北：旗林文化，2009。

古繼堂。〈死得怪異・突然・奇巧〉。張景然編著。《哭泣的百合：三毛死於謀殺》。北京：中國盲文出版社，2001。頁19-20。

張景然編著。《哭泣的百合：三毛死於謀殺》。北京：中國盲文出版社，2001。

夢西筆潭。2107-12-28 06：00。〈名人三毛靈異四・三毛的靈異之詭異的自殺〉。擷取自網路https:www.pixpo.net/culture/0I04ODU8.html。最近查閱時間2/14/2019。

〈墨西哥不只有捲餅，隨三毛領略拉美風物〉。2016/3/26。來源：搜狐。原文網址：https://read01.com/NndNJB.html。最近查閱時間2/14/2019。

眭澔平。《三毛最後一封信》。台北縣新店市：人類智庫文化，2010。

黃光國。〈三島與三毛：自我的追尋與逃避〉。蔡振念編選。《三毛（一九四三──一九九一）》。台南市：台灣文學館，2016。頁253-261。

桂文亞。〈飛。三毛作品的今昔〉。三毛。《雨季不再來》。台北：皇冠

文化，1976。典藏版1991。頁223-231。原載《皇冠雜誌》268（1976年6月）。

朱西甯。〈唐人三毛〉。三毛。《溫柔的夜》。台北：皇冠雜誌社，1979。頁4。

張雪媃。〈胡品清寫水晶球世界〉。張雪媃。《當代華文女作家論》。台北：秀威資訊，2013。頁9-29。

———。〈唐代傳奇中的女俠〉。《當代》126（1998年2月）：114-127。

李敖大師。〈「三毛式偽善」和「金庸式偽善」〉（1981年作）。《李敖雜文選》，2007-5-19，05：34。擷取自網路http://blog.sina.com.cn/s/blog_559a7b13010009s6.html。最近查閱時間2/18/2019。

繆進蘭。〈哭愛女三毛〉。張景然編著。《哭泣的百合：三毛死於謀殺》。北京：中國盲文出版社，2001。頁278。

平鑫濤。〈這件事太意外了〉。李東。《三毛的夢與人生》。台北縣中和市：知書房出版，1997。頁222-223。

妖師夢語巫言：
談胡蘭成、朱天心、朱天文

妖師[1]

　　孫中山（1866-1925）1912年1月1日在南京建立中華民國，一個現代共和制國家，但是，有許多中國人從未跨過大清帝國門檻，邁入現代。胡蘭成（1905-1981）是其中之一。對胡蘭成來說，孫

---

[1]　胡蘭成自稱帶有妖氣，而且頗以此自豪。胡蘭成談《白蛇傳》裡的白蛇：
　　「而她盜取官庫，且偷了天上的仙草，對白鶴童子及法海和尚都是捨了性命去鬥，這樣叛逆，也依然是個婉順的妻子，中國民間的婦道實在是華麗深邃。」「這個法海，他是為衛道，而且因他那樣的是道，所以白蛇娘娘是妖了。要我寧可做妖。」見胡蘭成，《今生今世》上下2冊，上冊（台北：三三書坊，1990），頁30，32。「我這樣逛逛，很慶幸自己對於政治有一種生疏，且對民間亦有一種生疏。白蛇傳裡的白蛇娘娘，她在瑤池群仙班裡不合格，來到人間做媳婦又落第，我大約亦帶幾分妖氣。」見胡蘭成，《今生今世》上冊，頁270。

中山、蔣介石（1887-1975）的中華民國，及它後來分裂出來的抗戰時期汪精衛（1883-1944）南京「中華民國國民政府」（1940-1945）、甚至共產黨，都只是中國歷史長河中的一個「朝廷」，偏安，聚合，是中華老大帝國的一小環。這個老大帝國中，有一種永不改變的生命姿態，和亙古不變山川日月。此大好山河中，有一種人最是帝國中堅，那就是「士」，介於貴族和平民之間的社會階層。士，有武士和文士，而胡蘭成無疑是一介文士。胡蘭成一生行事，仿效春秋戰國時代遊說各國之間的「縱橫家」，以才力供職於各君主，隨時可以變節，所謂朝秦暮楚無傷大雅。他以接受各方「養士」途徑生存，不事生產，但獻計謀。這樣的人「才力」是第一生存資本，胡蘭成以士自居，並且一再宣揚，恢復中國「士」的傳統。

　　胡蘭成說：「中國的文化人為什麼這樣的對政治有興趣？外國的文化人總不能了解。原來中國文化人是獨有其士的傳統，志在於治國平天下。」[2]對於自己的不事生產，胡蘭成這樣解釋：

　　　　劉邦是蕩子打天下，國父革命與讀書都是蕩子，我又哪有像個做學問的，我連生活都不得連牽。我不事生產作

2　胡蘭成，《山河歲月》（台北：三三書坊，1990），頁232。

業，別人若像我，可以靠教書或靠稿費，而在我都成了不
行。我是體露金風，以此感知萬民的休戚，亦以此感知學
問的。[3]

　　汪精衛的南京國民政府，國民黨稱為偽政府，胡蘭成稱作「汪
先生的和平運動」，儘管胡沒有追隨汪至終，他這樣談論汪精衛：
「中華民國三十二年春天，汪精衛先生登雞鳴寺，文武百官皆扈
從，長江西來，上游是重慶，太平洋的方向唯見天際白雲悠悠」；[4]
「汪先生到底是一代江山才人。他見人時的熱情，平正親切，比起
西洋民主國的政治的專講給人好印象，他的是更有對中華民國一代
人的照膽照心。他的聰明，受時代感應，是像理律管於地中，節氣
動則葭灰飛出。凡有他的地方，就有風光，平常一句話，經他說就
動人。」[5]對蔣介石的政府，對共產黨，胡蘭成一概輕鬆談論，以
一介文士的高姿態，笑談政局。他談論國共二黨：

　　　勝利後的國民政府如此不樂，連燈市會市都怕引惹路
　　人觀看，影響治安，像溫州城裡三月三欄街福，五月五划

3　胡蘭成，《今日何日兮》（台北：三三書坊，1990），頁29。
4　胡蘭成，《今生今世》上冊，頁180。
5　胡蘭成，《今生今世》上冊，頁343。

龍船，行政專員公署都下令禁止。一人向隅，舉座為之不
歡，真不知堂堂國民政府何以要自居於向隅之戚，且要民
間也陪他不樂。而後來解放軍打鑼擊鼓度長江，便好像是
端午節的划龍船，國之利器不可以授人，何況禮樂的樂是
一代的氣運所在，怎麼可以這樣的授給了共產黨！但是國
民政府失落了什麼東西他亦自己不知道。從來失江山，都
是先失了山川佳氣。[6]

解放軍之於中共，是猶如太平軍之於天父天兄教。中
共從在江西瑞金時造作無產階級的紅軍、逃到延安時只剩
下一萬多人，抗戰時避紅軍之名不用，改稱八路軍新四
軍，才亦隨國府軍而開展，勝利後又改稱解放軍，才與中
國歷朝民間起兵的傳統相接，它原來不靠主義，而是民間
的大志蕩蕩莫能名，遂挾遍地的秧歌舞而來了。[7]

胡蘭成高於一切實際政權，有一種精神貴族的生命悠然。他
說：「說實話我是不慣將身許人」，[8]他悠遊在各政黨之間，如同

---

[6] 胡蘭成，《山河歲月》，頁250。

[7] 胡蘭成，《山河歲月》，頁253。

[8] 胡蘭成，《今生今世》上冊，頁205。

春秋戰國時代，如同三國時代；民國的分裂，僅僅是大中華帝國悠長歷史中一個小小場面。

　　胡蘭成擁抱傳統文化的生命情調，他最不能接受的就是五四以來大力推揚的西化。這種態度當然不陌生，蔣介石國民黨歷來講究復興中華文化，對五四新文化運動淡化處理。台灣作家朱西甯（1927-1998）對西化的反感和對傳統文化的擁抱，正與此相同。朱西甯為女兒朱天心（1958-）的《未了》作序，〈天心緣起——代序『未了』〉一文這樣寫道：

　　　　我從未認可三個女兒裡誰是天才，或者個個都是天才。沒有那麼便宜；唯一得天獨厚者，只可以說姊妹三個俱是中國人；中國人而且真誠的感激著幸為中國人，僅此即足承繼中國人的民族長才——禮樂文明的學問與修行。[9]

　　他同時說：「為『未了』作序，於既成作品是褒是貶，多半沒有若何意思。唯覺天心大得造就於禮樂教化，始有今日這番大志與成全；其作品也因之而絕非標榜現代而實則西化的時人所能望

9　　朱西甯，〈天心緣起——代序『未了』〉，朱天心，《未了》（台北：聯經，1982），頁3-11，頁4。

塵。」[10]西化的現代不及禮樂教化，而禮樂文明的學問與修行，正是中華民族的長才。或許因此，朱西甯如此放心把女兒交給胡蘭成調教，「三三」如同私塾，胡蘭成擔任駐館先生。胡蘭成的作品在《三三集刊》上發表，胡過世後，「三三書坊」仍舊出版了胡蘭成許多著作，包括：1990年出版的《今生今世》上下2冊、《山河歲月》、《今日何日兮》、《禪是一枝花》，1991年出版的《革命要詩與學問》、《建國新書》、《閒愁萬種》等。

胡蘭成開口山河歲月、閉口今生今世、動輒革命建國、瀟灑談禪說佛。在中國經歷晚清洋務運動、變法維新、孫文革命，各種救亡圖存，努力西化以進入現代世界的過程中，胡蘭成拒絕擁抱世界，堅持停留在舊中國的文明中。有別於「內聖外王」的儒家傳統，胡蘭成的安身立命姿態，更接近「天人合一」，而他又喜談「格物」。薛仁明寫胡蘭成，這樣解釋：「胡一生最在意的『格物』，是無隔，凡與人、與物、與大自然，皆能無隔。」[11]

胡蘭成對各政黨的「笑談」姿態，也同樣貫徹在他對女人的態度上。胡蘭成憐香惜玉，無疑以大觀園中的賈寶玉自居。他這樣論《紅樓夢》：

---

[10] 朱西甯，〈天心緣起〉，頁10。

[11] 薛仁明，《胡蘭成　天地之始》（台北：大雁文化事業股份有限公司，2009），頁163。

　　紅樓夢的賈寶玉，他是生在整個大觀園裡的歲月。他
與之性命相知的是黛玉。但是晴雯呢？他從來沒有想到過
假使要在二人之間取一捨一。晴雯是丫頭，哪裡說得到這
話，然而假使要為黛玉的緣故去了晴雯，寶玉如何能夠？
除非是天意。便是薛寶釵，寶玉亦不能夠因為黛玉而疏遠
她。連襲人、寶玉亦不能割捨的。寶玉後來是為父母給他撿
擇了寶釵為妻，黛玉死，他出家，但是翻過來，總不能想像
他與黛玉結了婚來開始新生活，以後寶釵等都成了外人。[12]

　　他進一步說明：「至於金釧兒、晴雯的死，黛玉的死，寶玉的
出家，襲人的改節，那些雖都是寶玉的母親王夫人所為，然而那亦
是天意。有著個天意就可豁然，所以紅樓夢不比西洋的悲劇。寶玉
的是無成與毀，似悲似喜。」[13]這裡出現一個重要線索，一切是天
意，此「無成與毀，似悲似喜」的生命情調，絕非西洋的悲劇。胡
蘭成這個論點和晚清王國維（1877-1927）著名的〈紅樓夢評論〉提
出：《紅樓夢》是中國文學史上違反中國人倫的一大悲劇，恰恰相

---

[12]　胡蘭成，《禪是一枝花》（台北：三三書坊，1990），頁36。
[13]　胡蘭成，《禪是一枝花》，頁37。

反。[14]胡蘭成一反王國維的「悲劇說」，更接近中國的圓融，超越世俗悲喜，但反過來看，正是文化評論家柏楊（1920-2008）所說的「醬缸文化」。寶玉無法單為黛玉，別了寶釵、晴雯，一如胡蘭成筆下眾多女子，都有高風亮節，都是「亮烈」的，無法取捨，胡蘭成的人生因此絕非悲劇，而是「無成與毀，似悲似喜」。

> 我生平所見民間幾個婦人女子，如斯太太袁珺，吳太太佘愛珍，以及小周，都是亮烈的，是非分明的性情，似說話行事總給對方留餘地，不弄到拉破臉皮，如天網恢恢。人世的莊嚴，如佳節良辰，總要吉利，豈可以被人議論，豈可以拉破對方的臉皮。她們三個，都度量大，做人華麗，其豁達明豔正因其是「謙畏禮義人也」。[15]

胡蘭成樂寫自己與諸多女子隨緣相知，他說范秀美：「十二月

---

14 王國維的〈紅樓夢評論〉以叔本華（Schopenhauer，1788-1860）悲劇哲學解釋賈寶玉出家。叔本華認為人生是一大悲劇，受控於一種無法逃避的意志（欲望），人類徘徊於不滿和厭倦之間，永無快樂。唯一解脫就是除去「欲望」，達到涅槃境界。這裡，《紅樓夢》裡賈寶玉出家，此「玉」正是「欲」，就是除去了欲望，由此解脫。王國維認為，寶玉出家是徹底違背中國人倫的悲劇，卻正是《紅樓夢》了不起的地方。
15 胡蘭成，《今生今世》上冊，頁328。

八日到麗水，我們遂結為夫婦之好。這在我是因感激，男女感激，至終是惟有以身相許」，[16]說佘愛珍：「翌年春天，我與愛珍遂成了夫婦」，[17]說日本女子一枝：「我與一枝曾在一起有三年」。[18]值得注意的是，胡蘭成對政黨不願以身許人，對女性卻每每以身相許，顯然多情男子成分多於游走各方的謀士。

胡蘭成的美好山河歲月，男女相知相悅，是一幅和樂的人間圖景，而此人間圖景，是宋人話本和明清小說的一景，絕非現代中國。他這樣說范秀美：「秀美是住在何處都比我自然，與世人無隔。我每見她坐在簷下與鄰婦做針線說話兒，總驚歎她的在人世安詳，入情入理。」[19]這裡的「與世人無隔」，正是胡蘭成一再強調的中國人生命情調。格物，就是要使得自身與自然無隔，他筆下的這些女子，正具備這樣的特質，渾然天成，本色見人。於此對比張愛玲（1920-1995）的西化，立刻成為兩個截然不同的世界。果不其然，胡蘭成把張愛玲列為「民國女子」，真是一語道破。

巧妙的是，胡蘭成這位傳統文人和民國女子張愛玲的姻緣，卻牽引出一段台灣名作家的後話。按照朱天文（1956-）的說法，

---

[16] 胡蘭成，《今生今世》上下2冊，下冊（台北：三三書坊，1990），頁419。
[17] 胡蘭成，《今生今世》下冊，頁612。
[18] 胡蘭成，《今生今世》下冊，頁562。
[19] 胡蘭成，《今生今世》下冊，頁443。

早在1943年，她的父親朱西甯讀中學時，無意中接觸到張愛玲的作品，驚為天人：

> 上海正風行一種二十開本的方型文藝刊物，《萬象》、《春秋》等，女作家很多，有些表現大膽，讓他們初中生像讀性書一樣不好意思，手指夾在另幾頁後面隔著，若被好事的同學看到可趕緊翻過去滅跡。便是這時候，父親結識了令他一下子著魔起來的張愛玲。
>
> 此時父親讀到胡蘭成一篇〈評張愛玲〉，覺得這人的才情縱橫得令人生妒。[20]

朱天文敘述，隨後到了1950年代，《今日美國》連載張愛玲小說《秧歌》，增訂本《傳奇》在香港出版，朱西甯知道張愛玲已安全離開大陸，去信恭賀，沒有得到回音。1965年，文星書店轉來張愛玲給朱西甯的信，讚揚朱西甯小說《鐵漿》。1968年，張愛玲寄贈《張愛玲短篇小說選》一書給朱西甯，上書：「給西甯——在我心目中永遠是沈從文最好的故事裡的小兵」。[21]

---

[20] 朱天文，《黃金盟誓之書》（台北：印刻，2008），頁155-156。

[21] 朱天文，《黃金盟誓之書》，頁157。朱天文敘述張愛玲贈書這段，也出現在朱天文，朱天心，朱天衣，《下午茶話題》（台北：麥田，1992），

　　1974年，朱西甯得知胡蘭成在文化大學任教，特地攜妻女上山拜訪，之後，胡在文化大學遭排擠，朱西甯成了胡蘭成的新供養人，邀他居住隔壁，吃飯都與朱家人一起。這一切竟就源於朱西甯對張愛玲的崇拜，他要為張愛玲作傳，甚至希望促使張愛玲和胡蘭成再見，但是未果。朱天文記載：「一九七五年她寫給我父親朱西甯的信說，『我近年來總是盡可能將我給讀者的印象「非個人化」──depersonalized，這樣譯實在生硬，但是一時找不到別的相等的名詞──希望你不要寫我的傳記。』」[22]顯然，張不要把她和胡蘭成的一段歷史公諸於世，她和胡蘭成是徹底斬斷前緣，甚至因此不再和朱西甯通信。由此可見，張愛玲民國女子、西化女子，確實和胡蘭成一介傳統風流文人不是同類，怎可能有善果？

　　朱天文1975年讀了胡蘭成《今生今世》，驚歎胡蘭成文才比張愛玲還高，寫信給胡蘭成表達崇拜，多年後她稱：「這是我從此完全被席捲了去的『胡腔胡說』的第一篇。」[23]胡蘭成後來要用朱天

頁194。

[22] 朱天文，《黃金盟誓之書》，頁153-154。

[23] 朱天文，〈花憶前身──寫於「張愛玲與現代中文文學國際研討會」〉（2000年10月24-26日香港嶺南大學），朱天文，《黃金盟誓之書》，頁252。

文此文為他自己新書的序，朱西甯不允。但從1976年胡蘭成在文化
大學被排擠開始，朱西甯供養胡蘭成，不惜和許多老友絕交。胡蘭
成教導朱家姐妹四書五經等典籍，正是後來胡蘭成埋葬日本，墓碑
上所書「義塾三三社」。

「三三」

　　朱天文這樣訴說：「三三，具體是有三三集刊，在我大學三年
級時候創辦的，一九七七年四月。兩年後我們成立三三書坊。」
「可以說，三三是胡蘭成一手促成的。打從結識胡先生，其間有
一年的時間胡先生住在我們家隔壁，著書講學，然後返僑居地日
本，至去世，總共七年。當時十八歲到二十五歲的我，在今天來表
述，想想只能說是，前身。」[24]胡蘭成直接影響的《三三集刊》，
1977年創刊，發行到1981年8月，總共出刊28期。三三書坊1979年成
立，後於1989結束，併入遠流出版社，共出版28本書。朱天文後來
發現，《三三集刊》根本是1944年到1945年出版過三期，胡蘭成主
編的《苦竹》雜誌的延伸。[25]《苦竹》和《三三》一樣，是同仁雜
誌，前者刊載張愛玲等人，後者刊載胡蘭成和三三人。也就是說，

---

[24]　朱天文，〈花憶前身〉，頁249。
[25]　朱天文，〈花憶前身〉，頁257。

胡蘭成一生重複一種模式，到一個地，找到一個供養人，就地辦他的刊物，發表自己和文學小圈圈的作品。

為何叫「三三」呢？官方說法是三民主義和聖父聖靈聖子三位一體，其實胡蘭成另有說法：

> 文明的四個順位，乃至亦遍在於人事，是後來到了中國才達成，故惟中國人能如此清楚，說一生二，二生三，三生萬物。阿瑙蘇撒的始生文明，則惟止於三，且連這三亦不遍不備，故後世印度沿承，轉為佛法僧三寶，西洋更歪曲為聖父聖子聖靈三位一體，及辯證法的正反合三個階段。[26]

> 此間如何住持？文殊云：凡聖同居，龍蛇混雜。問多少眾？文殊云：前三三，後三三。[27]

三三，就是凡聖同居，龍蛇混雜。這正是胡蘭成的生命姿態，超越正統與非正統，聖潔與凡俗，以一種悠遊態度和光同塵。「三三」，作為一個文學團體，它究竟造就了什麼呢？除了《三三集刊》和三三書坊外，它造就了少年得志的朱家姊妹，在十六、七歲

---

[26] 胡蘭成，《山河歲月》，頁18。
[27] 胡蘭成，《禪是一枝花》，頁147。

就大展風華，以及圍繞在她們身邊的一群青春飛揚的文青集團。多
年之後，當年「小三三」之一的楊照（1963-）為朱天心2015年出版
的《三十三年夢》作序，他這樣寫道：

> 完全不在我主觀控制中，和天心並肩走著，我腦中出
> 現的第二個影像，是三十年前的淡水重建街，窄小曲折的
> 巷道，前前後後錯落走著天心、材俊、丁亞民、鐘信仁、
> 盧非易、杜至偉、遊明達，以及好幾個霎時竟然全都記起
> 名字的「小三三」女生們——高菁穗、吳怡蕙、林仲全、
> 杜嘉琪⋯⋯
>
> 還記起了我自己身上穿著一件那年突然紅起來的成衣
> 廠牌「WE」的藍色套頭平領麻紗上衣，風吹來，又薄又寬
> 大的衣服在身上飄，就在心上背誦白居易的詩：「二月二
> 日新雨晴，草牙菜甲一時生。輕衫細馬春年少，十字津頭
> 一字行。」我們，就像是那帶點豪氣，帶點囂張，橫排一
> 字走在津頭的少年們。[28]

---

[28] 楊照，〈說吧，追求「自由」的記憶！——讀朱天心的《三十三年夢》〉，《三十三年夢》（台北：INK印刻出版有限公司，2015），頁5-10，頁6。

正是這樣的「帶點豪氣，帶點囂張，橫排一字走在津頭的少年們」，用朱天文1996年回憶的話，「胡老師可說是煽動了我們的青春，其光景，套一句黑澤明的電影片名做注——我於青春無悔。」[29]

朱天心〈三三行〉一文：「那時真是心中一念只想著爺爺的話，中國有三千個士，日後的復國建國大業就沒問題了。我們真覺得自己是戰國時代汲汲皇皇的孟子啊，天下不歸楊，即歸墨」，[30]確實，當時朱家姊妹相信了胡蘭成所說的「三千個士」就可以「復國建國」，她們一心要光復大陸，共產黨只是中國歷史長河裡的一小波，開始是光燦的民間起義，後來卻失掉了中國人的生命特質。胡蘭成冀望在台灣集合青年群眾，如果無法政治上光復大陸，也要復興文化中國。這樣的想法和做法，如今看來令人莞爾，但是當時朱家姊妹和三三文青確實堅信不移。朱天文說：「我們不要只做一個文人，希望自己像中國的士，要研究政治、經濟各種範疇的東西。做個士就是志在天下，對國家、社會的事情都有參與感。」[31]

---

[29] 朱天文，《黃金盟誓之書》，頁188。

[30] 朱天心，〈三三行〉，《昨日當我年輕時》（台北：三三，1989），頁。220-228，頁224。

[31] 朱天文，〈文字與影像Words and Images 訪談朱天文與侯孝賢〉，《有所思，乃在大海南》（台北：印刻，2008），頁288。

也正因此，朱家姊妹和1977年下半年轟動台灣的「鄉土文學論戰」
只感到道德壓力、[32]對1979年的「美麗島事件」擦身而過、完全無
感。[33]台灣的鄉土，面對大陸山河，多麼渺小，多麼不值一顧。對
胡蘭成來說，「三三」應是他縱橫江湖中諸多據點之一，他曾寫信
給朱西甯說「三三使我歡喜」。[34]

夢語

多麼奇特的因緣，朱西甯崇拜張愛玲，張愛玲推崇朱西甯；朱
西甯愛屋及烏，供養胡蘭成；朱天文崇拜胡蘭成，胡蘭成回報以提

---

[32] 朱天文〈花憶前身〉：「首次我感覺到壓力，是七〇年代下半鄉土文學論
戰。當時我們在念大學，那個年紀能寫什麼，無非青春無謂的煩惱，白日
夢，愛情，以及自己以為的人情世故，小奸小壞。這些，雖不至到『商女
不知亡國恨』的地步，亦相去不遠矣。學校裡建築系那些男生，背著相機
上山下鄉拍回來的強悍黑白照，配上文字報導，帥啊，太時髦了。這壓力
的具體化身，最高標的一位就是陳映真。一度，他甚至是我們的道德壓
力。」見朱天文，《黃金盟誓之書》，頁256。

[33] 朱天文：「迎向八〇年代的前夕，發生美麗島事件，眾多人因之而覺醒，
而啓蒙。但同處於一個時候的我們，至少我吧，何以絲毫沒有受到啓蒙？
也二十三歲了，也看報也知逮捕人，乃至過後的大審，都知道，但怎麼
就是沒有被電到？我與它漠漠擦身而過，彷彿活在兩個版本不同的歷史
中。」朱天文，《黃金盟誓之書》，頁212。

[34] 朱天文，《黃金盟誓之書》，頁223。

拔朱天文。這一連串的因緣，是中國人「報恩」，或者更確切地說：回報知遇之恩的最佳體現，大反「文人相輕」的歷來成見。然而，朱西甯作為父親，讓兩個女兒早早成名，卻必須用後來整整一生證明當年「胡爺」的稱讚絕非空言，著實令人沉思。

胡蘭成大力讚揚朱家姐妹，說朱天心像李白、朱天心的《擊壤歌》是《紅樓夢》前八十回。胡蘭成為《擊壤歌》作序：「現在有了朱天心，要來說明李白真方便。」[35]「自李白以來千有餘年，卻有一位朱天心寫的《擊壤歌》。」[36]照黃錦樹教授的說法：

> 在他那套以「大自然的五基本法則」為骨幹，以中國
> 禮樂文明為血肉的哲／美／神學體系中，隱匿的其實是一
> 種小資產階級雅痞的遊藝玩賞的文化品位，是一套美食家
> 貪饞的「吃的哲學」，卻飾以華麗的擦嘴布。在其中一切
> 善惡美醜都被「昇華」為美感問題，歷史中的血腥傾軋被
> 理解為幾條「自然原則」的更替翻滾。由於這「五大原
> 則」是終極之理，它當然可以解釋一切，為所有的需求提
> 供服務——既可以為胡粉飾不光彩的過去，也可以為戒嚴

---

[35] 胡蘭成，〈代序〉，（摘自《中國文學史話》），朱天心，《擊壤歌》
（台北：聯合文學，2001），頁6-11，頁6。
[36] 胡蘭成，〈代序〉，頁11。

時代的復國革命——大中國文化沙文主義提供華麗的理論依據。至於對朱家姐妹的少作提供價值上的肯定，那更是「舉手之勞」了。[37]

除了揶揄胡蘭成的肯定朱家姊妹少作是舉手之勞，這裡黃錦樹精準點出胡蘭成模糊善惡、美醜，以及他明確的大中國文化沙文主義。多年之後，朱天心回顧1979年初到京都，有這樣的感慨：「——也因為這樣吧，我和天文只好在人生選擇最多的年紀、眾多路可走不走的寫下去，無非不想讓胡爺當日那番人前人後的誇讚變成笑話一場罷，我們得多少證明他所言不虛，我們得回報他的『知遇』。（此番我仍想問，他到底看到了什麼？瞭解我們多少？……）」[38]

1972年中日斷交，或者說中華人民共和國與日本建交、中華民國與日本斷交。胡蘭成於1974年來到台灣。按照朱天心的說法，「中日斷交時（9/29/1972），爺爺應曉峰先生與晴嵐先生之邀，毅然回國教書，是覺得家中有故，浪蕩子要回來看看了。」[39]胡蘭

---

[37] 黃錦樹，〈從大觀園到咖啡館——閱讀／書寫朱天心〉，朱天心，《古都》（台北：麥田出版，1997），頁235-282，頁240。

[38] 朱天心，《三十三年夢》，頁41。

[39] 朱天心，《擊壤歌》，頁212。

成「家中有故」？他的「家」是台灣嗎？胡蘭成是汪精衛人馬，是蔣介石敵人，也是共產黨敵人。附日，是他的天然色彩，這時日本與中共建交，和台灣斷交，他到台灣，絕非「回來」，可能是對日本的抗議，日本背叛了反共。胡蘭成效忠的從來不是台灣蔣政權，但更不是毛澤東中國。在政治上，胡蘭成沒有祖國，在文化上，胡蘭成把日本當作了傳統中國，因為日本保留的是唐朝文化風貌。胡蘭成把一切想像落實在日本，日本才是文化中國保留地，這種心態直接影響了朱天文和朱天心。否則，朱天心為何33年內老往京都跑？

《三十三年夢》裡的最初一年，1979年，朱天心、朱天文、仙枝（林慧娥，1953-）和胡蘭成同遊奈良。朱天心在〈江山入夢（下）〉裡這樣描寫：

> 三個女孩只顧忙著又笑又掩裙子，爺爺和岡野君早走在老前頭了，只見爺爺的長袍給風撩得高高的，人又走得疾，在嘩嘩湧動的松群裡，是一幅歷史的畫。而眼前根本不是奈良，根本不是日本，根本不是民國六十八年，爺爺是杖策謁天子，而我們卻又是三朵開得滿滿的花兒，在大地

　　上，而我們終將被繡進歷史的織錦裡。我眼睛為之一濕。[40]

　　胡蘭成是謁見天子的翩翩文士，三位文青如繁花盛放，正是一副江山和樂圖。一種身在歷史圖景中的自覺，正是三三文青那個時期的共同文風，而此，無疑是胡蘭成的影響。朱天文、朱天心、丁亞民（1958-）、謝材俊（唐諾，1958-）等人，動輒山川日月，一回顧就進入中國歷史畫圖中。丁亞民1980年這樣寫道：「如同以前想過材俊呀、林端呀、你呀、我呀，四人合出一本書可有多好；想我們這段歲月、我們的一顰一笑，終將是歷史上的，終將是世人永遠懷想不盡的，而我們這樣在其中，是這樣的，今夕何夕兮，搴洲中流，今日何日兮，得與王子同舟，……」[41]謝材俊同年寫道：「天心的文章像李白」；「引完這一段，細細再想，這本書也許他日亦只是天心的荷塘微波，三三諸人和這一代歷史要天心作的，又豈僅僅是秉如椽大筆的創作者而已，即使是寫，也要寫的民國這一代的歷史。」[42]朱天文1996年為三三作結，有這樣一句：「面臨小

[40] 朱天心，《昨日當我年輕時》（台北：三三，1989），頁213。

[41] 丁亞民，〈逢逢白雲——為天心〉，朱天心，《昨日當我年輕時》，頁5-9，頁8。

[42] 謝材俊，〈登高丘‧望遠海——賀天心的「昨日當我年輕時」〉，朱天心，《昨日當我年輕時》，頁11-16，頁12、16。

小短暫吹起的三三式文句，一見又是風啊，陽光，日月，山川的，惱道又來氣象報告了，而我們是始作俑者」，[43]也許是最佳總評。

朱天心在《擊壤歌》之後，不再青春。1987年解嚴，她開始「士」的實際作為，參與政治。朱天心1992年加入中華社會民主黨（社民黨，1991-1994，後併入新黨），並參選國大代表補選；1995年代表社民黨參選立法委員；2004年參與「民主行動聯盟」（公民團體，2004-2008）。朱天心和朱天文多年致力於「流浪動物保護」。私領域方面，1984年她與三三少年知己謝材俊結婚，1986年生女謝海盟。但是，在朱天心的專業寫作上，她不斷回去的是眷村，中下階級軍官的眷村巷子。她寫的是一群少年意氣風發，但是進入社會後格格不入，飛揚朝氣無以為繼，成為台灣島局外人的外省第二代。1992年《想我眷村的兄弟》：

> 她甚至認識了一大堆本省男孩子，深深迷惑於他們的篤定，大異於她的兄弟姐妹們，她所熟悉的兄弟姐妹們，基於各種奇怪難言的原因，沒有一人沒有過想離開這個地方的念頭，書念得好的，家裡也願意借債支持的出國深造，念不出的就用跑船的方式離開；大女孩子念不來書

43　朱天文，《黃金盟誓之書》，頁224。

的，拜越戰之賜，好多嫁了美軍得以出國。很多年以後，
當她不耐煩老被等同於外來政權指責的「從未把這個島視
為久居之地」時，曾認真回想並思索，的確為什麼他們沒
有把這塊土地視為此生落腳處，起碼在那些年間——[44]

所以你當然無法承受閱報的本省籍丈夫在痛罵如李慶
華、宋楚瑜這些權貴之後奪權鬥爭的同時，所順帶對你發
的怨懟之氣，你細細回想那些年間你們的生活，簡直沒有
任何一點足以被稱作既得利益階級，只除了在推行國語禁
制台語最烈的時代，你們因不可能觸犯這項禁忌而未嘗遭
到任何處罰、羞辱、歧視（這些在多年後你丈夫講起來還
會動怒的事），儘管要不了幾年後，你們很快就陸續得為
這項政策償債，你的那些大部分謀生不成功的弟兄們，在
無法進入公家機關或不讀軍校之餘，總之必須去私人企業
或小公司謀職時，他們有很多因為不能聽、講台語而遭到
老闆的拒絕。[45]

---

[44] 朱天心，〈想我眷村的兄弟們〉，《想我眷村的兄弟們》（台北：麥田，
1992），頁78。

[45] 朱天心，〈想我眷村的兄弟們〉，頁92。

1994年《小說家的政治週記》：「但是當愛台灣變成一個資源的時候，愛台灣便充滿了排他性，為了防止大餅被其他號稱愛台灣的人分食去，竟然希望別人不要那麼愛台灣的好」。[46]朱天心，一如許多「外省人」，在1987年解嚴後，漸次感到被排擠，對自己居住的「台灣」是否還是「中華民國」感到焦慮。九○年代開始，朱天心直接投入政治，而關鍵的一年是1996年的總統直選，以及選舉前的台灣海峽飛彈危機。寫於1996年12月的〈古都〉：

最重要的，你結婚近二十年的丈夫決計不會走了，你看到他與周遭幾萬張模糊但表情一致的群眾的臉，隨著聚光燈下的演說者一陣呼喊一陣鼓掌，陌生極了，終於有名助講員說了類似你這種省籍的人應該趕快離開這裡去中國之類的話，你丈夫亂中匆忙望你一眼，好像擔心你會被周圍的人認出並被驅離似的。[47]

不知打從什麼時候開始，飛機著陸島上震動的那一剎那，你都會默念「土番所處，海鬼所踞，未有先王之

---

[46] 朱天心，《小說家的政治周記》（台北：時報文化，1994），頁77。

[47] 朱天心，《古都》，頁168。

制」，咒語似的念一次以後，就比較能接受一出機場的黏
熱和逃難一般的混亂瘋狂場面。[48]

　　熟悉的眷村圍牆推倒，眷村人，變成台灣本土的「外來者」，
台灣，突然陌生了。這究竟是婆娑之洋，美麗之島？還是瘴癘之
鄉？朱天心在台灣向前邁進的所謂民主歷程中，顯然進退失據，矛
盾糾結。陽剛之氣的朱天心熱衷伸張正義，因此才有諸多實際政治
參與，她形容自己的覺醒如同哪吒「刮骨還父，剔肉還母」，但
是，清瘡之後呢？也為眷村兄弟伸冤了，也倒了扁，讓馬英九上台
了，之後呢？這正是朱家姊妹和許許多多國民黨權勢之外的外省第
二代致命傷，他們缺乏正向力量，僅僅在否定、反對，所有負面抗
爭上發光發熱。果不其然，這些傷痕累累、鬱悶無告，心態上是
「受害者聯盟」的永遠反對黨，最終會把愛心投射於保護流浪貓
狗。人，是放棄了。這個時候，朱天心可以找到慰藉的，是年年往
京都，住在旅店，看櫻花。《三十三年夢》，等於宣告：「三三是
一場夢」。

　　朱天心說，她嘗試寫的，是「我在場的這五十年台灣」，[49]而
她的主軸，不是台灣，是京都。2015年的《三十三年夢》：「我第

48　朱天心，《古都》，頁210。
49　朱天心，《三十三年夢》，頁438。

一次來京都（一九七九）至今，櫻花已開過三十三次了。」[50]這裡
記述了一些親密文友，三十三年間的聚散，除去瑣碎的個人恩怨，
感人的話是2006年為藍博洲《戰風車》所寫序文裡的：「我喜歡極
了這些個過往我熟知熟讀他們行事和文字的友人，我們在一個最
好的時候遇到，珍惜共同認知的那一塊兒」。[51]京都，是恆常穩定
的，台灣，卻是多變的；少年時代是永恆的，那之後，人事不可
料。其實，朱天心一直在寫一種奔向死亡的存在，正如櫻花的乍開
乍謝。她《擊壤歌》裡的青春少年變成「老靈魂」，以朝向死亡的
姿態活著。1992年的〈預知死亡紀事〉：「我們的老靈魂們哪裡是
此輩中人，他們不是厭世，不是棄世，他們只是如此的被『可以主
動選擇死亡時刻』所強烈吸引，某種意義上來說，他們很有些斯多
葛學派（Stoic）的味道，他們之所以能肯定生命，是因為能肯定死
亡」。[52]

　　1977年《擊壤歌》之後，朱天心不再少年，因此也沒有所謂的
「少年法西斯」，因為這絕非信仰的完美堅持，毋寧是信仰的徹底
破裂。[53]胡蘭成稱讚朱天心的《擊壤歌》是《紅樓夢》前八十回，

50　朱天心，《三十三年夢》，頁18。
51　朱天心，《三十三年夢》，頁346。
52　朱天心，《想我眷村的兄弟們》，頁160。
53　「少年法西斯」一詞，按照黃錦樹的解釋：「『少年法西斯』一詞為施淑

如今看來，並非善意，因為八十回之後只有悲劇。這印證在朱天心書寫眾生時，下筆的尖刻（〈恭請連戰出使閣揆〉，《小說家的政治週記》1994）、嘲諷（〈佛滅〉，《我記得……》1989）、失鄉（《古都》1997）、逃避（《三十三年夢》2015）。九〇年代中期以後，朱天心文字流露出「尋找死亡之地」的奇特執著，可能是奧地利的聖沃夫崗湖畔，可能是櫻花盛開的京都，卻不是台灣也不是大陸。1999年發表的〈出航〉：「毫無疑問的，那將是你日後的棲息之地，當你的靈魂像該地農民至今仍相信的——緩緩如同一朵白雲自口中吐出時，立時，才不會以候鳥慢飛的速度，立時凍結在這洞窟的某黑暗處，真正、真正沉酣著，冬眠著。為什麼會是這裡？但當然就是這裡。」[54]九〇年代中期開始她勤於遊蕩，找不到自己位置的人，自然四海為家。這不僅是政治焦慮，更是創作焦慮，她是要找尋一個最終釋放靈魂的棲息地。多麼奇特啊！為何如此呢？朱天心以為她沒有像朱天文一樣那麼受胡爺影響，其實，朱天心的

先生所鑄。意指一種類似青春期的精神狀態，把某種（道德）理想的純度提煉至絕對，而不擇手段、狂暴的（甚至血腥的）對社會上實踐未達致此一純度的人、事、物展開無情的懲罰式攻擊，以維護理想之名行使暴力、以對他人的要求替代了自我要求。以文學作品而言，赫塞的《彷徨少年時》、三島由紀夫《午夜弋航》為其表率。」見黃錦樹，〈從大觀園到咖啡館〉，頁243。

[54] 朱天心，《漫遊者》，頁90。

陽光璀璨，定格在了少年，正如張愛玲。

巫言

　　1994年4月30日，朱天文在美國紐約「中華文化中心」所舉辦《荒人手記》英譯本出版新書發表會上說：

> 　　我反省我這一代在台灣長大的人，我們屬於這個養成羞恥心的環境中長大的最後一代台灣人。羞恥心和恬不知恥在勢均力敵的地方相交。這時色情處在異常緊張的時刻。台北在世紀的轉換期，經歷了這一刻。[55]

　　按照朱天文的說法，二十世紀到二十一世紀的轉換期，台北人由「羞恥心」（sense of shame）轉換為「恬不知恥」（shameless）。二十世紀末的台灣發生了什麼呢？朱天文以此長篇《荒人手記》，獲得第一屆「時報文學百萬小說獎」首獎，她的得

---

[55] 朱天文，〈廢墟裡的新天使〉，為《荒人手記》英譯本出版的新書發表會寫，1994年4月30日在美國紐約中華文化中心舉行。夏志清主持介紹，王德威即席英文口譯。收在朱天文，《有所思，乃在大海南》（台北：印刻，2008），頁256。

獎感言：

　　隱居寫長篇的這段期間，由於我的妹妹朱天心跟她先生參加了當時朱高正的社民黨，每個星期三下午去青島東路開會，因此都是我坐公車去接幼稚園的盟盟，那是我極有限跨出家門的機會之一。以及，那年年底幫朱高正、林正杰的競選立法委員站過台。一介布衣，日日目睹以李氏為中心的政商經濟結構於焉完成，幾年之內台灣貧富差距急驟惡化，當權為一人修憲令舉國法政學者嗔目結舌，而最大反對黨基於各種情結、迷思，遂自廢武功的毫無辦法盡監督之責上演著千百荒唐鬧劇。身為小民，除了閉門寫長篇還能做什麼呢？

　　結果寫長篇，變成了對現狀難以忍受的脫逃。放棄溝通也好，拒絕勢之所趨也好，這樣的人，在這部小說中以一名男同性戀者出現，但更多時候，他可能更多屬於一種人類──荒人。

　　我亦感謝我的父母家人（也是我的師友、同業），對如此一名荒人的諒解、支持。[56]

[56] 朱天文，〈得獎感言　奢靡的實踐〉，朱天文，《荒人手記》二版（台北：時報文化，1997），頁237。

　　果然還是政治。作家朱天文對政治現狀難以忍受，為逃避而寫作長篇，並且必須自比荒人，才能平復精神痛苦。這種近乎自虐的態度無疑正和朱天心筆下的「老靈魂」，那種趨向死亡的存在異曲同工。真有這麼嚴重嗎？九〇年代中期，台灣人有羞恥心的一代人死亡，取代的，是恬不知恥的世代？這裡朱天文再次強調：「羞恥心如果是舊的好東西，恬不知恥就是新的壞東西。我從恬不知恥著手，寫出來這本《荒人手記》。」[57]無恥，就是朱天文寫此作的動機，而此作為她帶來一百萬台幣獎金。

　　二十一世紀初，台灣在朱天文筆下成了「綜藝島」。2007年的《巫言》：

　　　　綜藝島上，新品種首長們天生具備握手功，注目功，攝影機一出現，他們就調門拉高立刻駭起來。無須前奏或藥物，他們是天然駭。故而與阿舍先生正好相反，約書亞先生只有群眾，沒有朋友。他之依賴群眾，以至於酗。酗群眾，酗攝影師，酗媒體。[58]

　　　　是日，秋光冉冉，貓人現形記。

---

[57]　朱天文，〈廢墟裡的新天使〉，頁256。
[58]　朱天文，《巫言》（台北：印刻，2007），頁32。

他立下咒誓，再也，再也，不出門了。

不接電話。

不見人。

不發言。

爾今爾後，他之所以還活著，是一個負面列表式的活。一個以不字開頭的活。[59]

別，別打招呼，別問我姓名，千萬別。我是來放鬆，當白癡，當野獸的。請你把我看作一張椅子，一盞檯燈，一支抽屜，或隨便一顆什麼東西，總之不要是個人。因為我肯定不會跟你有半句人語的。[60]

一月一日

衰上加衰，遲了兩分鐘沒趕上倒數。

本來我們想停車很難所以把車放在他部隊附近，改搭捷運到台北車站換板南頭線，結果台北車站塞爆了，根本擠不上。四個人跑出站換計程車，到仁愛路圓環又大堵車，趕快下來用走的，走到市府廣場人家都數過了。滿

59　朱天文，《巫言》，頁84。
60　朱天文，《巫言》，頁6。

街，全全全全部是人。回家兩點多，接到金妮電話去天母後花園，吃呀喝呀，天亮了，去鈺星。陶小株朵麗施他們從遠企陳桑那邊過來，駭到不行，十點結束又再去KTV，K到下午三點鐘，搞不清，還以為是晚上三點。朵麗施他們要上山泡溫泉，我們回家了。[61]

　　所謂功能性強，對巫人而言只有一件，一個誰也不理誰可以讓人放心寫字的地方。換言之，那兩家的侍者小妹，上道極了。她們完全收訊到巫人的需要，立刻戴上面具成為人模，人的模型。[62]

　　從二十世紀末到二十一世紀初，朱天文筆下台灣綜藝島上，是荒人、貓人、巫人的樂園。自廢、自棄、自虐，就是光榮。1990的米亞「衣服人」（〈世紀末的華麗〉）、1994年的意淫同性戀「荒人」（《荒人手記》）、2007年酗群眾的政客、不出門、不接電話、不見人、不發言的貓人、是白癡、是野獸、是椅子、是桌子，就是不是人的無語人、日夜顛倒的醉生夢死人、巫人、「人模」（人的模型）（《巫言》），朱天文筆下貫徹始終的頹廢已成墮

----

[61]　朱天文，《巫言》，頁158。

[62]　朱天文，《巫言》，頁287。

落。這果真是台灣讀者歡喜捧讀的經典文學作品？還是恰巧迎合了一些後現代同仁評論家的奇特審美觀？她的文字是一種藥，堆疊鋪陳眩惑迷人，但是，藥效過後呢？

　　妖師夢語巫言。朱天心、朱天文是好作家，更是真性情朱家才女，但是，少年飛揚的作家堅持不向台灣1987年解嚴後的劇烈政治變化妥協。何須如此？世紀末到世紀初，他們在專業寫作這一條路上，寫出的公認佳作，一貫是負面人生圖景，以夢語、巫言，回報腳下土地。妖師胡爺的中國古典山河歲月不再，僅僅是必然，而台灣外省第二代的受害受傷情結，也必將隨歷史浪潮沖刷乾淨。別忘了，還有青春飛揚的新生代正在成長，救救孩子。

*本篇收在〈妖師夢語巫言：談胡蘭成、朱天心、朱天文〉。《香港文學》384（2016年12月）：54-63。

引用書目

胡蘭成。《今生今世》上下2冊。台北：三三書坊，1990。
———。《山河歲月》。台北：三三書坊，1990。
———。《今日何日兮》。台北：三三書坊，1990。
———。《禪是一枝花》。台北：三三書坊，1990。

朱天文。《荒人手記》二版。台北：時報文化，1997。

———。《巫言》。台北：印刻，2007。

———。《有所思，乃在大海南》。台北：印刻，2008。

———。《黃金盟誓之書》。台北：印刻，2008。

———，朱天心，朱天衣。《下午茶話題》。台北：麥田，1992。

朱天心。《未了》。台北：聯經，1982。

———。《昨日當我年輕時》。台北：三三，1989。

———。《想我眷村的兄弟們》。台北：麥田，1992。

———。《小說家的政治周記》。台北：時報文化，1994。

———。《古都》。台北：麥田出版，1997。

———。《漫遊者》。台北：聯合文學，2000。

———。《擊壤歌》。台北：聯合文學，2001。

———。《三十三年夢》。台北：INK印刻出版有限公司，2015。

薛仁明。《胡蘭成　天地之始》。台北：大雁文化事業股份有限公司，
　　2009。

楊照。〈說吧，追求「自由」的記憶！——讀朱天心的《三十三年
　　夢》〉。朱天心。《三十三年夢》。台北：INK印刻出版有限公司，
　　2015。頁5-10。

丁亞民。〈逢逢白雲——為天心〉。朱天心。《昨日當我年輕時》。台
　　北：三三，1989。頁5-9。

謝材俊。〈登高丘・望遠海——賀天心的「昨日當我年輕時」〉。朱天
　　心。《昨日當我年輕時》。台北：三三，1989。頁11-16。

黃錦樹。〈從大觀園到咖啡館——閱讀／書寫朱天心〉。朱天心。《古
　　都》。台北：麥田出版，1997。頁235-282。

李碧華小說的妖魅特質

　　李碧華（1959-）是香港通俗文學大家，小說創作、電影劇本、散文集等各種文類出版超過百種，影響普及，是一位不容小覷的作家。李碧華出生香港，祖籍廣東台山，畢業於香港真光中學，曾赴日本留學。擔任過小學教師、人物專訪記者、電視編劇、電影編劇及舞劇策劃，並在刊物撰寫專欄及小說。長篇小說著名的有1989《胭脂扣》、1989《潘金蓮之前世今生》、1989《青蛇》、1989《秦俑》、1990《滿洲國妖豔——川島芳子》、1992《霸王別姬》等多種，許多作品改編成劇本，拍成電影。

　　這樣一位知名作家，行事風格卻也出名的低調。我們所知道的是，她「原名李白，生在廣東一個大家庭裡，其祖父是廣州鄉下一個很有錢的鄉紳，很有學識，精通中醫。其父親繼承祖父的物業，於上個世紀40年代攜全家到香港。小時候的李碧華生活在那種樓頂很高、有著木樓梯的舊式樓宇中，也聽聞過很多舊式的人事鬥爭，這種環境和殘餘的記憶為她以後的創作提供了不少素材和靈

感。」[1]

　　李碧華崛起於八〇年代末，歷來對她的評論有不同取向。一些評論者認為，她的創作與香港即將結束英國殖民地身份而回歸中華人民共和國，有某種連結。更具體地說，李碧華筆下的程蝶衣正是香港曖昧身份的體現。[2]另外，因為她的筆下不斷出現對1966年至

---

[1] 馮雙麗整理，〈李碧華：神秘，只因想做普通人〉，《寶安日報》2011年8月6日，A7版「台前幕後」。

[2] 劉劍梅〈香港的曖昧與狹邪 —— 李碧華作品的香港情結〉一文提出，程蝶衣被母親切掉小指是他被閹割的象徵，他從此不再是一個男人。這同時也暗示香港的創傷歷史與創傷經驗，它被母國割讓為大英帝國的殖民地，從此其文化構成再不單純。程蝶衣號稱「從一而終」，卻先在文革中出賣段小樓夫婦，後又娶了組織上分配給他的女人。他在性別和情愛上的曖昧性，正也是香港的曖昧性，程蝶衣的頹廢正是世紀末香港的寫照。見《明報月刊》388（1998年4月）：28-30。唐潔〈透視浮華背後的浮生世相 —— 從李碧華的小說中探尋香港人的文化身份〉一文提出，香港文化是一種雙重邊緣性的文化，相對於中國和英國的歷史敘事，香港都是被放逐者。因此李碧華小說裡的人物也往往是邊緣人，是被中心拋棄的「廢子」。這些游離於歷史文化的流浪者和超於時空的靈魂，都暗合香港文化的多重邊緣身份。見《傳奇・傳記　文學選刊》（2009年12月）：24-26。向穎、黃瑤〈客途秋恨 —— 論李碧華小說中的家國想像〉一文則說，在「文化荒漠」香港成長起來的作家李碧華，主動地在小說中去想像生疏已久的故國，尋求文化上的歸屬感。她筆下的人物，不論出自怎樣的典故傳奇，都不過是穿著古人衣服的香港人，而且都是些被「不要」了的棄兒。見《黃岡師範學院學報》32：2（2012年4月）：96-99。閻敏、韓靜〈論李碧華《霸王別姬》隱含的三層意蘊〉提出，李碧華代表的港人對中

1976年中國無產階級文化大革命的批判，李碧華小說的政治性也不斷有評論者津津樂道。[3]最重要的還是，究竟李碧華這位作者，應

國傳統文化態度的矛盾：一面對中華文明深切認同，《霸王別姬》表現了她對古典文化的緬懷和眷戀，這是香港知識份子被排斥於敘述主體之外所產生的焦慮，試圖連結香港與大陸的歷史文化；另一面，李碧華舊曲新翻的改寫經典作品，隱含解構顛覆意味。見《安徽文學》（2011年第5期）：19-21。

[3] 陳岸峰〈李碧華小說中的情欲與政治〉一文強調，李碧華一貫批判文化大革命、顛覆共產黨的政治神話，她的小說為歷史「去神話化」（demythification）的意識鮮明。李碧華的可貴正是從「邊緣」的香港作家感受出發，為香港發出獨特的聲音。見陳岸峰，《神話的扣問　現當代中國小說研究》（香港：天地圖書有限公司，2012），頁145-158。陳岸峰〈李碧華《青蛇》中的「文本互涉」〉一文也指出，革命小將是妖精的兒子，解放的不是人民而是妖精，這樣的戲謔式批判有其痛快之處。《青蛇》一書中的戲謔元素最終指向毛澤東及共產黨在1949年後的種種政治運動，其中常常出現的便是對「文化大革命」中人民悲慘遭遇的揭露。見《21世紀》65（2001年6月）：74-81。本文同時收在陳岸峰，《神話的扣問　現當代中國小說研究》，頁130-144。常慧〈沉痛的哀歌——探析李碧華小說中的「文革」敘述〉則說，李碧華對「文革」的表現與大陸作家大相徑庭。傷痕系列等大都著重對事件及人物命運描寫，而李碧華則以批判場景為主要敘述。她認為大字報、宣傳畫、廣播這類意象體現香港作家李碧華對文革的想像，她對於文革的描述顯然表面化。見《安徽文學》（2011第11期）：52。藤井省三從香港意識的角度討論《胭脂扣》與香港意識的緊密關係，見藤井省三著、劉桂芬譯，〈小說為何與如何讓人「記憶」香港：李碧華《胭脂扣》與香港意識〉，收在陳國球編，《文學香港與李碧華》（台北：麥田出版社，2000），頁81-98。

該列入怎樣的歷史地位呢？她是通俗言情？還是政治寓言？她是娛樂膚淺？還是嚴肅深沉？這是本文探討的問題。我將論及李碧華的長篇小說，和一些散文作品，試圖找尋這位香港殖民地華人女作家，筆下寫出了什麼樣的中國式生命情調？她鍥而不捨烘托出的是哪一種懷舊風格？她筆下出現最不同於其他作家的突出角色是誰？為什麼是這個角色？最後，我要推究，中國傳統文化在香港即將告別1842到1997整整155年大英帝國殖民時期之際，它在香港華人女作家筆下呈現的是一種什麼樣的景觀？為什麼是這種特定的懷舊文化景觀？

本文提出，李碧華通俗而不俗，她的創作包含批判性，這個批判性主要是對中國文化大革命的否定，但是，更底層卻是一種對傳統文化中晚清頹廢姿態的深深眷戀。李碧華寫出的是魅惑眾生的深深沉醉。這，正是李碧華的筆下蒼生，墮落而妖媚。她筆下的女性人物，和男同性戀的女性角色，都有這種「只要纏綿」、不顧一切的決然。妖精鬼魅，正是李碧華搬上舞台的最佳戲劇，而妖魅之美，正是李碧華作為作家的最大特色。李碧華筆下的標準人物是江湖女、武生、癡情妖，而她的愛情，就是「人妖糾纏」、生死冤家。她是傳統中國頹廢文化的傳人，粵曲南音〈客途秋恨〉的荒淫美感，一種醉生夢死的極致瑰麗。李碧華留戀的這種生死纏綿舊中國情調，恰恰是中華人民共和國官方美學的對立面，卻未嘗不是香

港殖民地宗主國大英帝國樂見的，某種中國傳統文化耽溺之美的文化策略。

李碧華誠然是香港殖民地的產物。她在九七大限的陰影下寫出一系列殖民地香港人對祖國文化眷戀，這種眷戀帶有極大成分的鴉片式耽溺，以此來對抗無可逃避的現實，那個現實就是大英帝國時代終結，中華人民共和國時代來臨。[4]大英帝國在香港殖民地提倡中國傳統文化，看似尊重，其實是巧妙地發揚不具威脅的軟性文化和儒家傳統中的奴性成分，以此鞏固英國殖民的正當性。魯迅（1881-1936）1927年〈略談香港〉一文，針對香港總督提倡中國傳統文化，要在香港大學設立華文系，有尖銳的諷刺。這位香港總督金制軍，或金文泰Sir Cecil Clementi（1875-1947），他的〈六月二十四號督轅茶會金制軍演說詞〉裡說：「我記得十幾年前有一班中國外洋留學生，因為想研精中國學問，也曾出過一份（漢風雜誌），個份雜誌，書面題辭，有四句集文選句，十分動人慨，我願借嚟貢獻過列位，而且望列位實行個四句題辭嘅意思，對於（香港大學文科，華文系）贊襄盡力，務底於成，個四句題辭話，（懷舊之蓄念，發思古之幽情，光祖宗之玄靈，大漢之發天聲）」。魯迅因而想到，光緒末年在日本東京留學，留學生中的革命者是種族革命，

4　李碧華直言：「如果世上沒有鴉片，也許根本沒有香港。」見李碧華，《只是蝴蝶不願意》（廣州：花城出版社，2003），頁46。

是要驅逐韃虜恢復中華的。有些人鈔舊書，名為《漢聲》，封面就題著同樣的：攄懷舊之蓄念，發思古之幽情，光祖宗之玄靈，振大漢之天聲！他因此說：

> 這是明明白白，叫我們想想漢族繁榮時代，和現狀比較一下，看是如何，──必須『光復舊物』。說得露骨些，就是『排滿』；推而廣之，就是『排外』。不料二十年後，竟變成在香港大學保存國粹，而使『中外感情，自然更加濃浹』的標語了。我實在想不到這四句『集《文選》句』，竟也會被外國人所引用。[5]

　　光復舊物，保存國粹，對於大英帝國不但沒有妨礙，反倒是權宜策略，以此加強中英情感。中國傳統文化因而成了圖騰崇拜，李碧華正巧在此框架中，成為眷戀中國傳統文化的「反共」香港作家，而此懷舊文化又恰巧是通俗的文人傳統，一種對「情」字的永恆陷溺。也就是說，魯迅1927年的洞見可謂先知先覺，60年後，李碧華其實恰恰落入殖民地沉溺於某種古老文化深淵的圈套，而正因

---

[5] 本文最初發表於1927年8月13日《語絲》週刊第144期。金制軍，或金文泰，Sir Cecil Clementi（1875-1947）是香港在英國殖民地時期1925-1930年間的香港總督。

為這是香港155年殖民地的集體文化耽溺，它成就了李碧華在九七大限之際的燦爛風華，一種集體焦慮和集體沉溺的奇異文化景觀。李碧華的文字，就是香港人找到的舒適夢境，不是當代中國也不是當代英國，不是當代香港也不是未來香港，香港，根本沒有未來。李碧華筆下提供的，是殖民地香港的鴉片煙燈，醉生夢死的安樂鄉。香港人，就是要快樂，為什麼不？2011年中國中央電視台宣傳部為開年大戲《秦俑》播映而統籌了李碧華電郵訪問，她題為〈雲淡風輕〉的罕有自我暴露資料裡，李碧華這樣作結：

> 問：你的人生理想是什麼？
>
> 答：人生以「自由」和「快樂」最重要，且是無價的。作品複雜、濃烈，做人卻很簡單，不卑不亢，寵辱不驚，便沒太多不必要的負擔。名利權勢的事成敗都會過去。北宋程顥有首春日偶成的詩：「雲淡風輕近午天，傍花隨柳過前川。時人不識余心樂，將謂偷閒學少年。」珍惜當下。希望中國所有善良正義的老百姓也得享「自由」和「快樂」。眾生平等。[6]

6　李碧華，《一杯清朝的紅茶》（香港：天地圖書，2011），頁266-267。

　　說李碧華是後現代核心精神並不誇張，她的快樂就是零散紛亂
和拼湊，徹底擊敗正義嚴肅，坦蕩做一個穿梭時間序列，跳躍古今
的江湖女。〈口號〉一文明白宣稱，「我的理想口號是：『散漫任
性輕心隨緣自戀自保單憑公論。』」[7]

娼優戲台的妖魅之美

　　李碧華筆下呈現出多種姿態，包括對文革的批判、對香港九七
大限的焦慮、對三角關係的熱衷等。李碧華說：「三角關係是人際
關係中，最豐富、複雜，也最有趣的一種。是戰爭以外，最大的刺
激。」[8]她改寫中國傳統故事，比方梁祝、嫦娥和西王母、白蛇和
青蛇，潘金蓮等等，終極目標就是說明：歷史都不是真相。那麼真
相是什麼呢？真相就是人與人之間那種曖昧難明的三角狀態，可能
是女人之間的鬥爭，可能是女人和陰性男人的鬥爭。儘管柔情纏
綿，李碧華寫出的女性角色卻仍是「悍女」成分多於「癡女」成
分，一種頑強的生死糾纏。《胭脂扣》的如花和十二少、《秦俑》
的蒙天放和冬兒、《潘金蓮之前世今生》的潘金蓮和Simon，甚至
《煙花三月》的袁竹林尋找廖奎等都是。李碧華也善於寫因果報應

---

[7]　李碧華，《潑墨》（廣州：花城出版社，2003），頁54。

[8]　李碧華，《只是蝴蝶不願意》，頁178。

的鬼故事，仿清代蒲松齡（1640-1715）的《聊齋志異》，李碧華怪談小說裡的妖、鬼、怪，甚至動物，報恩報仇都自有倫理，不可怕，卻有情義。李碧華也寫大量的散文、長短句、飲食文學等，這裡，李碧華展現出她的江湖女姿態：瀟灑四海、洞悉世情、聰慧冷峻。這類文字凸顯奇特風貌，那就是獸性的發揚和人性的貶低。在李碧華筆下，人是矯情的，獸，卻直率而真性情。

李碧華是一個精靈，鬼才女作家。文字不美，但是故事大膽，甚至偉大，想像力豐富，以小文字博大視野，具有驚人爆發力。她最獨一無二的文字風華就在：寫戲，寫舞台，以舞台方式呈現她的人生視野，而人物全是戲角兒，精彩的角兒就是她的寫作核心。她要的是「一場好戲」，一場叫座的好戲。而戲中，她最愛寫「旦角兒」，並且是「乾旦」，像《霸王別姬》裡的程蝶衣，一位比女人更女人的男人。而男角中，李碧華喜「武生」，《生死橋》的武生唐懷玉、《霸王別姬》的段小樓都是。李碧華的戲劇哲學，可以由以下文字看到核心精神：

　　一個導演說，「拍戲，無論你拍什麼戲，最緊要有火。」有火，拍自己喜歡拍的東西，即使很淒慘，「捱」得要死，都有滿足感。

　　我認為，導演不但要有火，還要有點邪，有點壞，有

點不羈，作品才好看。電影是偏門、是桃花、是幻象，四平八穩正氣圓潤，可以放在教育電視，或中央台，或參加金雞獎百花獎，模範人物還可當上影帝影后。

電影、小說、畫作、詩詞、戲劇、音樂……一切創作，好看好聽，字裡行間帶著魅惑的，都不會「工整」。藝術而「工整」，便是一種罪行。舉例，蒲松齡的《聊齋》傳頌一時，天馬行空，正中帶邪；他閣下的詩，一點也不迷人，甚至悶，只是個糟老頭的歎唱，正因為太過「實」。

一個慈悲而善良的藝術家，做人八十五分，作品只能「見仁見智」了。[9]

明白地說出，偏門、桃花、帶著魅惑、絕不工整，正是李碧華寫作的原則。她就是要做一個天馬行空、正中帶邪的迷人寫家，不是又實又悶的慈悲藝術家。〈鳶尾花香氛〉一文直接宣稱：本人就是個「賣夢的人」。[10]而她喜歡寫誰呢？李碧華〈傳〉一文中，有如下文字：

9　李碧華，〈有點火，有點邪，有點壞〉，《咳出一隻高跟鞋》（上海：上海人民出版社，2001），123-124，頁123。
10　李碧華，《一杯清朝的紅茶》，頁134。

老實說，並不喜歡寫傳記。傳奇就好，傳記太煩。

他／她自傳，更隱瞞幾分，自己最清楚什麼不能提。

寫死去的人許是自由點，也得顧慮有無子孫遺屬，站出來投訴你影射，或要求點好處以作打發。不勝其擾。一個「六親不認」的死去的名人，乾淨利落。——而多半不是正道人物，野史又紛紜，任憑穿鑿附會。此為首選。[11]

本此精神，李碧華構築了一個懷舊的戲台，此戲台上的主要人物是野史紛紜，任憑穿鑿附會的非正道人物，而劇碼往往是「生死冤家」。她讓筆下的人物沉溺於古老情愛之中，萬劫不復卻又樂此不疲。李碧華筆下的標準男性是一個陰性化了的男人，他要不是同志，就是受控於女子的男人。而李碧華筆下的標準女性，非娼即優，更是妖孽姿態的偏門桃花，她一貫的特性，就是把男人「據為己有」，是一個狠角色。這種性格在《胭脂扣》裡的如花、《霸王別姬》裡的菊仙、《生死橋》裡的段娉婷、《青蛇》裡的白蛇和青蛇、《潘金蓮之前世今生》裡的單玉蓮、《滿洲國妖豔——川島芳子》裡的川島芳子身上都可見。先看這種「據為己有」的女

---

11 李碧華，《草書》（廣州：花城出版社，2003），頁67。

性狠角色：

《生死橋》：

> 西湖上也有些過路的，見到一個女子，依傍著一個戴
> 了墨鏡的男子，有點面善，不過到底因遠著呢，又隔了銀
> 幕，又隔了個二人世界，也認不出來了，今後誰也認不出
> 誰來了。
>
> 段聘婷的腦袋空空洞洞，心卻填得滿滿，真的，地老
> 天荒。
>
> 她如釋重負。
>
> 唐懷玉在她手上，在她身邊，誰也奪不去。今不如
> 昔，今當勝昔，相依過盡這茫茫的一生。[12]

《胭脂扣》：

> 如花還不及想到日後。
>
> 她只想到今晚。無端的邪惡：
>
> 這個男人，她要據為己有！[13]

---

[12] 李碧華，《生死橋》（台北：皇冠出版社，1989），頁469。
[13] 李碧華，《胭脂扣》（台北：皇冠出版社，1989），頁147。

《秦俑》：

> 但沒時間了。如果不是今天，就沒有明天。縱隔三千
> 世界，背負一身罪孽，他們融成一塊，如饑似渴，欲仙欲
> 死，都幻化成深沉的歎息。像飛升的丹藥，不安分的顫動。
> 黑髮交纏著。[14]

再看李碧華明確的「妖精」、「鬼魅」姿態：
《青蛇》：

> 妖精要的是纏綿。[15]

> 許仙幾乎立刻死去，瀕死，他有淒絕之美麗，莫名其妙
> 地好看。一種「即種孽因便生孽果」之妖豔，人性的光輝。[16]

> 也許每一座被砸爛的文物底下，也鎮了一個癡情的妖！

---

14 李碧華，《秦俑》（台北：皇冠出版社，1989），頁48。
15 李碧華，《青蛇》（台北：皇冠出版社，1989），頁60。
16 李碧華，《青蛇》，頁183。

　　誰知道呢？此中一定有難以言喻的故事，各自發展，各自結局，我們沒可能一一知道。

　　感謝文化大革命！感謝有文曲星托世，九轉輪回之後，素貞的兒子，親手策動了這偉大功業。拯救了他母親。也叫所有被鎮的同道中妖，得到空前的大「解放」。[17]

《霸王別姬》：

　　小豆子呢，只有三個月便順利過了倒嗆一關了。他一亮相，就是挑簾紅，碰頭采。除了甜潤的歌喉、美麗的扮相、傳神的做表、適度的身裁、綽約的風姿……，他還有一樣，人人妒恨的恩賜。就是「媚氣」。[18]

《煙花三月》：

　　其實狐的生命力強，適應力高。它沒有狼兇殘，比它狡猾。沒辦法，總得自保。狐敏銳、機警、飄忽。它的眼珠在夜間發亮，出沒在密林、草叢、丘陵、荒地、曠野、

17　李碧華，《青蛇》，頁201。
18　李碧華，《霸王別姬》（台北：皇冠出版社，1992），頁75。

山洞、墓穴……。——越接近死人，功力便越莫測高深。

它白天隱伏睡覺，太陽下山了，夜色如一雙玉手緩緩掩著大地的臉，狐都幻化成人。它鳳目細長，身段嫻娜，嬌媚迷人。當惡犬狂吠時，她慌得瑟縮一團，或叩門，顫抖著：「相公，我怕。」[19]

我的第一個小說喚《胭脂扣》。是女鬼如花五十年後上陽間尋找她最心愛的十二少的故事。——回頭一看，有很多虛構的情節，竟與今天尋人過程有詭異的巧合。《煙花三月》便是血淋林的《胭脂扣》。它成書了，也流傳開去，冥冥中是否一些亡魂在「借用」寄意呢？[20]

談到唐代傳奇〈霍小玉傳〉，李碧華說她喜歡霍小玉臨死前的咒語：「我死之後，必為厲鬼，使君妻妾，終日不安！」認為這才是有性格和具建設性的舉動。同時強調「男女之間的因緣，不是合，便是離。再哭，命更薄，看是誰身受其害？要就從此永休，要就狠辣一點，才是正經。」[21]李碧華的這些喜好和性格特點，主導

19 李碧華，《煙花三月》（台北：臉譜出版，2000），頁280。
20 李碧華，《煙花三月》，頁404。
21 李碧華，《蝴蝶十大罪狀》（上海：人民出版社，1997），頁294。

了她筆下蒼生的姿態，癡男怨女，生死糾結，而且女性人物顯然突出成為決斷的強者。李碧華搭起的娼優戲台和妖魅之美，正面看來是蔑視權威禮法，情愛勝出的人性光輝；反面來說，是怪力亂神風花雪月，娼優鴉片的淫蕩世界。這正是對1949以降中國極度政治化的反彈，和殖民地香港人共有的集體夢境。儘管寫的是風花雪月、娼優纏綿，李碧華延續的是晚清言情的傳統，她保留了不涉性描寫的保守風格，她最勁爆的文字往往就是簡單的「抵死纏綿」四字。[22]

---

[22] 白雲開〈都市文學的市場及媒體元素——以李碧華及穆時英小說為例〉一文提出，李碧華小說的性欲描寫是十分重要的賣點。他說：李碧華有關性欲文字沒有仔細處理，也沒有專注描寫女性身體的文字，但寫性愛場面的較多，篇幅不小，數量也不少。如《秦俑》中有蒙天放跟冬兒豁出去的性愛，《霸王別姬》中袁四爺雞姦程蝶衣的情節，〈誘僧〉幾乎全寫靜一法師凡心未泯，為欲念所動；《川島芳子》中芳子被養父川島浪速強姦。最密集地描述性欲的文本則是《潘金蓮之前世今生》。白雲開總結：在公開談性仍屬禁忌的香港社會裡，性欲描寫對讀者的吸引力是不言而喻的。見香港中文大學中國語言及文學系，《都市蜃樓：香港文學論集》（香港：牛津大學出版社Oxford UP，2010），頁231-254。本文也刊於《作家》24（2004年6月）：14-29。的確如此，但若細細追究，相較於當代中國女作家的暴露性愛描寫，比方虹影和陳染等，李碧華文字簡潔，並不以寫性為主軸。《秦俑》裡：「縱隔三千世界，背負一身罪孽，他們融成一塊，如饑似渴，欲仙欲死，都幻化成深沉的歎息。」李碧華，《秦俑》，頁48。《青蛇》裡：「妖精要的是纏綿。」李碧華，《青蛇》，頁60。《胭脂扣》裡：「這樣的一個女人，這樣的一張床，這樣的燈火。

　　香港殖民地華人女作家李碧華在香港即將告別1842到1997整整155年殖民地時期之際，寫出的中國傳統文化，或者說「懷舊文化」，是一個穿越古今生死輪迴的癡情景觀。為什麼李碧華選定這種懷舊文化呢？她躲入，或者說建構了一個古老文化中的鬼魅世界。她為妖魅正名嗎？合理化嗎？她為何這樣做呢？這也是我們可以問台灣作家白先勇（1937-）的，整個中國傳統文化經史子集、儒道墨法、漢唐明清，為何他對湯顯祖（1550-1616）的《牡丹亭》情有獨鍾，以此為傳統文化而極力推揚？

　　《牡丹亭》裡，少女杜麗娘花園春夢，相思成疾，死不瞑目，後來夢中男兒柳夢梅真的來訪，見到杜麗娘自畫像，焚香默禱。這

因是最後一次，心裡有數，二人抵死纏綿，筋疲力盡。」李碧華，《胭脂扣》，頁130。最暴露的性描寫出現在《潘金蓮之前世今生》裡Simon和單玉蓮的口交：「不容分辨，他塞進她口裡去。她唯有把舌頭伸出來。幽怨地……。」「她是欲的奴。他是治奴的藥。她肯為他做任何不堪的事。此一刻，她只盼望天長地久。」李碧華，《潘金蓮之前世今生》（台北：皇冠出版社，1989），頁188。正因此李碧華應是晚清言情小說的傳人，不能不涉及性，卻並不真的寫性。恰如陳平原論及晚清言情小說的保守態度，提出晚清寫情者始自吳趼人（1866-1910）1906年的《恨海》，這類小說的特點就是「發乎情止乎禮」，鴛鴦蝴蝶派的小說毛病不是太淫蕩，而是太聖潔。「正是這種朦朧的愛情追求，這種有點非份又不敢越於禮的男女之情最適合那個時代的審美趣味。」見陳平原，《陳平原小說史論集》上中下3卷（石家莊：河北人民出版社，1997），中卷《二十世紀中國小說史（1897-1916）》，頁815，820。

時杜麗娘起死回生，與柳夢梅成為美眷。這樣的故事，如今看來可謂荒唐。明代湯顯祖為非理性合法化，只有這種超越生死、起死回生的「情」，才打破禮教道學，成為激蕩人心的古典愛情，而杜麗娘因此成為「情」字的正宗代表。也就是說，白先勇看到的「美」正建立在奇情上，不奇情不入人心。同樣的，李碧華耽溺的懷舊文化，也選中了奇情的非常人物：白蛇、潘金蓮、女鬼如花、男伶程蝶衣、秦始皇兵馬俑的蒙天放和冬兒、川島芳子等，這些都是「正中帶邪」、「野史紛紜」的人物。李碧華穿鑿附會地寫他們動輒千年，少則50年的生死情緣。

李碧華的政治性

　　李碧華非常明確的政治性表現在她對中國文化大革命的批判，以及以香港為世界中心的文學版圖規劃。處處可見的是，文革使得妖孽備出，而文革又保全了這些妖孽，邏輯推論的結果應是，這些主導中國政治的人物都是妖孽，或妖孽之後。李碧華這樣描寫文革：

　　　　一切是如何發生呢？
　　　　大家都懵然不知，據說只不過是某一天，清華大學附

屬中學的壁報欄上，張貼了張小字報，說出「造反精神萬歲！」這樣的話，整個的中國，便開始造反了。連交通燈也倒轉了，紅色代表前進。

「鐘山風雨起蒼黃，
　百萬雄獅過大江，
　虎踞龍蟠今勝昔，
　天翻地覆慨而慷，
　宜將剩勇追窮寇，
　不可沽名學霸王，
　天若有情天亦老，
　人間正道是滄桑。」[23]

小樓用眼色止住他，示意別多事，便忍疼收受了孩子的拳腳。蝶衣恐怖地看著那批紅衛兵，都是母生父養，卻如獸。[24]

其實，夜色未合，拍門撞門聲已經此起彼落了，不管輪到誰，都跑不掉。到處有猙獰的怒斥，他們搗毀、砸爛、撕碎……，最後焚燒，是必然的功課。——除非見到

---

[23] 李碧華，《霸王別姬》，頁231-232。
[24] 李碧華，《霸王別姬》，頁236。

中意的，就抄走，由造反派分了。[25]

李碧華寫文革，最令人難忘的自然是《霸王別姬》裡批鬥會的一幕：

> 小樓淒厲地喊：
>
> 「我不愛這婊子！我離婚！」
>
> 菊仙的目光一下子僵冷了，直直地瞪著小樓，情如陌路。為什麼？為什麼？為什麼？
>
> 蝶衣聽得小樓願意離婚，狂喜狂悲。毛主席說過：「世界上沒有無緣無故的愛，也沒有無緣無故的恨。」──不不不，他錯了，愛是沒得解釋的，恨有千般因由。偉大的革命家完全不懂。……[26]

這一幕，致使菊仙徹底寒心，上吊自殺，也成了文革殘酷的最佳詮釋。我們要問的是，如果沒有這場文革批鬥會的戲碼，李碧華的《霸王別姬》是否就減了分量？答案竟然是肯定的。就因為文革批鬥，段小樓才會當眾揭發程蝶衣抽鴉片、當相公。而菊仙，竟然

---

[25] 李碧華，《霸王別姬》，頁238。
[26] 李碧華，《霸王別姬》，頁258。

在段小樓揭發程蝶衣是相公的當兒，企圖保護蝶衣。可是蝶衣並不領情，他公報私仇，揭發菊仙是妓女，迫使段小樓順應著紅衛兵的話，要和菊仙斷絕關係。於此，《霸王別姬》的悲劇達到高潮。乾旦程蝶衣自始至終是要把愛人「據為己有」的標準李碧華女性狠角模式，而菊仙，同樣專斷，卻顯得更有人性。至於武生段小樓，夾在蝶衣和菊仙之間，卻在批鬥會上同時出賣這兩個愛他的人，他的確就是個平凡男子，把命運交付他人，交付國家。也就是說，李碧華的文革描寫使得她的小說更加具有戲劇張力，更加深入人心。但她不是為了寫文革而創作小說，李碧華的政治性是配角，不是主角。

　　除了文革，李碧華最明確的政治性出現在她的反日。2000年出版的《煙花三月》寫1922年出生武漢的袁竹林作為慰安婦的故事。

　　　日軍侵華期間（一九三一──一九四五），千萬的中國
　　人受盡蹂躪、殘害、屠殺，超過二十萬中國婦女，被騙被
　　迫充當「慰安婦」。但苟活到今天，肯站出來控訴的，只
　　有七人。[27]

---

[27] 李碧華，《煙花三月》，頁14。

「我會說，我十八歲被逼當上『慰安婦』，受很多
罪，很痛苦，我要日本政府承認他們的滔天罪行，剝奪了
我生育的權利，屠殺、污辱我們婦女姊妹，我要他們公開
道歉、賠償。我有生之年如果見不上，就是死了，也立下
遺囑，叫養女及後世，追討這筆血債，血海深仇！」[28]

這裡再度出現李碧華細數中國在1949之後的政治運動，包括
「土改」、「鎮反」、「三反」、「五反」，她接著寫文革：

只是歷史的偶然？抑或是整個中國的浩劫？
一九六六年八月五日，在中南海院子中出現一張大字
報：《炮打司令部——我的一張大字報》。署名：毛澤東。
這場非常的「無產階級文化大革命」運動（一九六六
年五月至一九七六年十月），像狂風暴雨般席捲中國大
地。它的特質是鬥爭、批判、聲討、火燒、炮轟、砸爛、
鬥垮、鬥臭、打倒、抄家……，「破四舊，立四新」。[29]

大字報、大標語、鬥爭口號……鋪天蓋地。——連造

---

[28] 李碧華，《煙花三月》，頁16。
[29] 李碧華，《煙花三月》，頁54。

字的倉頡見了，也痛心疾首。

　　大小機關、單位、街道、社隊、學校、工廠、商店、農村、農場……，所有人變成「一種人」。透過最巨大的擴音器，全國只有「一種聲音」。

　　身穿綠軍服，手舉小紅書的紅衛兵，狂熱迷醉，奔走串聯，只忠愛「一個人」。

　　國家中多少人蒙受冤屈、侮辱、打擊、迫害、摧殘、虐待，以至「自絕於黨，自絕於人民」。

　　苟活的人民，都成了一群跟大隊走的藍螞蟻，遵循一個模式生活：向毛主席像鞠躬。「早請示，晚彙報」。

　　每天早晨幹活前，讀幾段毛語錄，作為對一天工作的指導。

　　每個晚上，學習幾段毛語錄，作為一天的總結。[30]

　　除了明顯的批判，李碧華寫的文革，終究是戲劇性勝出，她在意的是戲劇衝突的效果，並非傷痕文學裡頻頻出現的個人經歷。常慧討論李碧華小說中的「文革」敘述，提出：「我們能在『大字報，宣傳畫，廣播』這類意象群眾感受到這個香港作家對『文革』

---

[30]　李碧華，《煙花三月》，頁54-55。

的想像」，「也許這就是李碧華一種冷酷，妖冶的特別的『文革』敘述，給我們增添了一種不同於大陸文學敘述中關於『文革』的別樣想像。」[31]這話此處顯得中肯。李碧華貫徹始終是戲劇的信徒，戲劇衝突和高潮，是她創作的核心精神。正因此，李碧華的政治性有明確的表演性，文革凸顯小說人物的戲劇張力，是一個必須列入的因素。循著這個邏輯，我們就不難了解，何以李碧華這樣不齒文革，卻並不批判大英帝國，她明確的不是一位「後殖民作家」，她的筆下，統治香港155年的「英國」反而面目模糊。李碧華不是政治評論家，她的政治性是附加因素。李碧華是一位具有香港人優越感的華人女作家，她不批判英國，但批判中國，也明確反日，李碧華並且開台灣總統馬英九的玩笑，〈隔世通緝馬英九〉一文，可謂絕妙傳神：

> 如果世上有輪迴，他一定就是唐三藏。
>
> 女巫是重赴一個一千三百多年前錯失的約會，隔世通緝唐三藏。
>
> 她要色誘他，奪得他身心，統一中國，然後把這塊完美的奶油蛋糕吞進肚中。

---

[31]　常慧，〈沉痛的哀歌──探析李碧華小說中的「文革」敘述〉，頁52。

　　若天下女人因此而痛恨她，便是長生不老的她最大的
成就了……

　　　女巫申辦「入台證」。[32]

　　李碧華的政治性，除了批判文革、反日，以及無傷大雅的揶
揄，她最明確的特點就是把文學重心放在香港，香港，就是李碧華
文學世界的中心座標，所有的故事以香港為起點或終點。《潘金蓮
之前世今生》裡單玉蓮到香港、《霸王別姬》裡段小樓和程蝶衣
最終在香港重逢、《胭脂扣》裡十二少和如花眷戀的是50年前的香
港石塘咀。[33]李碧華盡力寫出她生存的地標香港，讓它成為世界中
心，也就是說，她的政治性在彰顯九七之前香港仍有的獨特性。
1997年的攝影散文集《630電車之旅》正是這種心理的明證。[34]誠如

---

[32] 李碧華，《女巫詞典》（廣州：花城出版社，2001），頁77-78。

[33] 李小良，〈穩定與不穩定 —— 李碧華三部小說中的文化認同與性別意
　　識〉，《現代中文文學評論》4（1995年7月）：100-111。頁102特別提
　　出：「蝶衣和段小樓在結尾的部分在香港重逢的一段，在電影中給刪去
　　了。」

[34] 李碧華，《630電車之旅》（香港：天地圖書有限公司，1997）。這本書
　　以攝影和文字作為「最後記錄」。開始以〈因為最後　所以饑渴〉一文，
　　接著記錄了〈太古〉、〈中環　上環〉、〈石塘咀　堅尼地城　西環〉、
　　〈中環　金鐘　灣仔　銅鑼灣〉、〈跑馬地〉、〈銅鑼灣　北角〉、〈西灣
　　河　××灣　北角　中環〉，總結以〈「記得綠羅裙　處處憐芳草」〉。

朱崇科〈戲弄：模式與指向　論李碧華「故事新編」的敘事策略〉
一文所說，李碧華寫的是中國故事，卻處處諷刺中國，她的「中華
情結」中隱含著「香港人」更加正典的意味。[35]

　　政治不是李碧華的主要考慮，那麼是什麼呢？其實李碧華的筆
下是一群下九流江湖兒女的生活，這些人的共同特點就是中國式的
亂，和韌性，沒有章法卻活得有滋有味。李碧華給了香港俗文化一
種如魚得水的悠遊，不高貴，卻生氣勃勃。李碧華不斷從古典材料
裡找靈感、寫外篇，為的是賣文為生，她正是晚清職業寫手的繼承
者。如果沒有李碧華筆下或明或隱的政治性，李碧華仍會留名。她
的政治性本是為了彰顯戲劇張力而列入的因素，卻巧妙地給她加添
了俠氣，使得她的可讀性更高。

李碧華的文學史位置

　　李碧華這位作者，應該列入怎樣的歷史地位呢？她是通俗言
情？還是政治寓言？她是娛樂膚淺？還是嚴肅深沉？通俗文學大家
張恨水（1897-1967）曾說：「我一貫主張，寫章回小說，向通俗
路上走，決不寫出人看不懂的文字。」「中國的小說，還很難脫掉

---

[35] 朱崇科，〈戲弄：模式與指向　論李碧華「故事新編」的敘事策略〉，
　　《當代》179（2002年7月）：124-139，頁128。

消閒的作用」、「我們是否願意以供人消遣為已足？」[36]李碧華無
疑是一位通俗文學作家，歷來評論者對她的文學歷史定位多半如
此。[37]李碧華的通俗文學是普及而具有極大影響力的，是顛倒眾生

---

[36] 張恨水，《我的寫作生涯》（成都：四川人民出版社，1981），頁109。

[37] 陳國球〈文學香港與李碧華〉一文列舉不同說法：劉登翰《香港文學史》
把李碧華作品既列入「通俗小說」，又說其內涵豐富，「在歷史的，社會
的，美學的，哲學的面上」，給人思考。陳岸峰則不同意這種模稜兩可的
講法，指出劉氏無視李碧華對中共的政治批判，因此沒有給李碧華做出恰
當的定位。見陳國球編。《文學香港與李碧華》，頁28。陳麗芬〈普及
文化與歷史想像　李碧華的聯想〉一文指出，李碧華做為香港作家的「代
表性」意義，來自她的寫作呈現香港高度商業化社會的運作，這包括小說
內容、寫作態度、自我定位等等。李碧華是淺薄的，她的小說有濃厚的表
演性質。陳麗芬精闢點出，李碧華是一個愛情夢幻的生產販賣推銷者，但
也高姿態的說：李碧華的「身份危機」是她小說中娛樂消遣的一部分，甚
至是一個賣點、消費的意象，「它因此與流通於我們學院裡的無限悲情、
淒風苦雨、世界末日般的『身份危機』感大不相同。」見陳國球編。《文
學香港與李碧華》，頁128。危令敦〈不記來時路——論李碧華的《胭脂
扣》〉一文把《胭脂扣》歸為懷舊小說，提出李碧華師承狹邪小說，處理
如花和十二少的故事，在風流嫖客和多情妓女的舊調之外，加上了鴉片來
彰顯近代，讓失意的十二少抽鴉片，並且安排如花和十二少吞鴉片自殺。
見危令敦，《香港小說五家》（香港：天地圖書有限公司，2012），頁
104-141。王德威以「新狹邪體小說」（Mimesis of depravity）為李碧華
作品歸類，見王德威，〈世紀末的中文小說：預言四則〉，《小說中國：
晚清到當代的中文小說》（台北：麥田，1993），頁221-222。許子東
〈香港的純文學與流行文學〉一文，把李碧華同時歸入通俗流行文學和都
市感性現代主義文學兩條線索。他認為李碧華的作品上承包天笑、周瘦鵑

的好戲，而且是文人性非常明確的懷舊風情。通俗，但不僅僅是消遣。張恨水當年的名言恰可以用在李碧華身上。同是為了不僅止於通俗文學，張恨水加添的是「抗日」，這使他由俗入雅；李碧華加添的是對文革的批判、反日，以及她以香港為中心的文學版圖。是否她也希望因此由俗入雅？說來說去，俗與雅，天橋賣藝與學院正統，其實歷來井水不犯河水。為了成就學院的驕傲而捨棄廣大眾生的通俗，是否值得？這還是個見仁見智的問題。

　　本文重申，李碧華的創作核心，一貫是寫：「『六親不認』的死去的名人，乾淨俐落。——而多半不是正道人物，野史又紛紜，任憑穿鑿附會。此為首選。」[38]也就是說，她不是為了寫政治而創作，相反的，亦正亦邪的非正道人物、野史人物、可以隨意穿鑿附會的人物，才是她的興趣所在。評論者對《霸王別姬》的政治想像眾說紛紜，但是許維賢〈四面楚歌下的同志再現　李碧華和陳凱歌對《霸王別姬》的改寫〉一文卻提供了一個重要線索，那就是，段小樓這個小說人物是由梅蘭芳（1894-1961）真實人生中的戲班兄弟楊小樓（1878-1938）而來。

　　和張恨水的通俗流行鴛蝴傳統，也同時融入來自張愛玲的現代都市感官。見許子東，《香港短篇小說初探》（香港：天地圖書有限公司，2005），頁39-41。

[38]　李碧華，《草書》，頁67。

　　京劇《霸王別姬》是梅蘭芳和楊小樓組織戲班「崇林社」演出的第一部作品，「崇林社」取自梅楊兩姓的「木」部首，故合為「林」，當時梅蘭芳和楊小樓的關係密切可見一斑。事實上梅蘭芳打從六歲就認識楊小樓。楊小樓將小梅蘭芳扛在肩頭送去書館，買糖葫蘆給梅蘭芳吃，逗他笑樂，梅蘭芳生前在自述裡談到楊小樓，往往都是一筆輕輕帶過，不著深談。李碧華改寫《霸王別姬》的動力，與其說來自對歷史題材的重寫興趣，不如說她更有興趣「重新想像」梅蘭芳和楊小樓的幕後關係，這包括「段小樓」取名明顯影射「楊小樓」，他和程蝶衣的戲班取名「喜福成」，跟梅蘭芳第一次搭班演出的「喜連成」只是一字之差。另外，「糖葫蘆」的意象也屢次出現在電影裡程蝶衣的童年和日後回憶裡。這一切不是說梅蘭芳就簡單等同電影裡的程蝶衣，而是說電影小說《霸王別姬》的創作，明顯與梅蘭芳和楊小樓的歷史文本發生了互移、吸收或轉化，從而產生了互文性（intertextuality）。[39]

---

[39] 許維賢，〈四面楚歌下的同志再現　李碧華和陳凱歌對《霸王別姬》的改寫〉，《電影欣賞學刊》140（2009年9月）：113-133，頁116。本文頁130，許維賢談及廖炳惠〈時空與性別的錯亂——重看《霸王別姬》〉一

　　也就是說，李碧華本是以梅蘭芳為原型，寫作他和楊小樓的關係，因此衍生出程蝶衣和段小樓。是這兩位名角吸引了她，使得她為他們的故事穿鑿附會，創作出精彩戲碼。所有的政治寓意，是穿鑿附會上的穿鑿附會，僅能當作參考。香港演員張國榮（1956-2003）與李碧華有交情，他演活了李碧華創造的程蝶衣一角，《霸王別姬》成就了彼此事業的高峰。張國榮生前在香港大學的演講，〈如何演繹小說中的人物　以李碧華作品為例〉，說出了他作為演員的第一手資料：

　　　　而在我所演過的角色中，個人最喜歡的是《胭脂扣》中的十二少的角色，當時導演關錦鵬的拍攝很開放，角色情感的表達絕對是義無反顧、毫無保留的，就這點而言，我覺得是關錦鵬導演對我的重視與提升。對於《胭脂扣》

文：「台灣學者廖炳惠利用它來說明台灣、香港和大陸三個地區所構成的緊張關係，台灣像個同性戀者（蝶衣）曾經一心一意想與大陸師兄（小樓）門戶相通，卻被迫於情勢而獨立門戶，香港就如一個煙花女（菊仙）因不經意的誓約，而導致被大陸明媒正娶。」廖炳惠原文出處：陳雅湞主編，《霸王別姬：同志閱讀與跨文化對話》（嘉義：南華大學，2004），頁35。這裡可以看出，廖炳惠的「過度解讀」正是時下許多學者共有的喜好，引人深思。

這部戲，有人覺得關錦鵬放大了女性的執著，我的看法是：李碧華的原著故事本如此，人物本如此。[40]

談到程蝶衣這個角色，張國榮說：

　　現實生活裡，程蝶衣是個放縱的人，卻也因此，「她」不能接受現實走到惡劣之境。
　　再者，在我們理解中的「別姬」程蝶衣，是一個有夢想的「女子」，她嚮往舞台上那種熱烈生動的演繹，也只有在舞台上，「她」才有最真實的生命。所以，讓她死在舞台上，是最合理，也是最具戲劇性的處理！[41]

　　明白已極。不，程蝶衣不是台灣（也不是香港），菊仙也不是香港。李碧華寫的，就純粹是乾旦程蝶衣（梅蘭芳）和師哥段小樓（楊小樓）的緊密關係。
　　李碧華這樣談論女作家蕭紅：「蕭紅是我偶像。她命短，作

---

[40] 張國榮主講，陳露明、黃艷萍整理，〈如何演繹小說中的人物　以李碧華作品為例〉，《印刻》3：8（2007年4月）：27-34，頁28。

[41] 張國榮主講，陳露明、黃艷萍整理，〈如何演繹小說中的人物　以李碧華作品為例〉，頁32。

品也不算多，但筆冷情濃，火花魅惑。（「生死場」是我的愛書！）」[42]其實，這正是李碧華自己的文字特點：筆冷情濃，火花魅惑。李碧華文字的魅力在於一種特殊的生命情調，這種生命情調來自江湖歷練。香港才女李碧華顛倒眾生，戲裡乾坤，古今同台。她搭建起來的懷舊戲台，正體現了她的理想：

> 南音之中，以《客途秋恨》最可怕：荒淫、喪志、萎靡，但理直氣壯地灰下去。[43]

> 人活著，至為愜意至高境界是「醉生夢死」，不必營役奔波，隨心所欲。但這種躲在小樓置身世外的生涯，需要牢不可破的經濟防衛，方有圓滿結局。有時見過氣藝人東山復出了，別迷信是「戲癮」，很多皆因付不起醉生夢死之代價。

> 世上還真的有清高到不想做才女？不不不，我自一歲起，畢生宏願便是當個「才女」。[44]

---

[42] 李碧華，《不但而且只有》（台北：皇冠出版社，1991），頁11。
[43] 李碧華，《只是蝴蝶不願意》，頁120。
[44] 李碧華，《只是蝴蝶不願意》，頁133。

　　李碧華的文學史位置？還她一個公道吧，讓才女穩穩保有才女的地位。她的光華就是香港文化甜膩誘人的懷舊風情，通俗，卻迷人。這是妖魅之美的極致。

*本篇收在〈李碧華小說的妖魅特質〉。《香港文學》362（2015年
　2月）：84-94。
*本篇縮短版收在〈李碧華小說的妖魅之美〉。《文訊》349（2014
　年11月）：37-42。

引用書目

李碧華。《秦俑》。台北：皇冠出版社，1989。
——。《生死橋》。台北：皇冠出版社，1989。
——。《青蛇》。台北：皇冠出版社，1989。
——。《胭脂扣》。台北：皇冠出版社，1989。
——。《潘金蓮之前世今生》。台北：皇冠出版社，1989。
——。《不但而且只有》。台北：皇冠出版社，1991。
——。《霸王別姬》。台北：皇冠出版社，1992。
——。《蝴蝶十大罪狀》。上海：人民出版社，1997。
———。《630點車之旅》（最後記錄）。香港：天地圖書有限公司，
　1997。

———。《煙花三月》。台北：臉譜出版，2000。

———。〈隔世通緝馬英九〉。《女巫詞典》。廣州：花城出版社，2001。頁75-78。

———。《咳出一隻高跟鞋》。上海：上海人民出版社，2001。

———。《只是蝴蝶不願意》。廣州：花城出版社，2003。

———。《草書》。廣州：花城出版社，2003。

———。《潑墨》。廣州：花城出版社，2003。

———。《一杯清朝的紅茶》。香港：天地圖書，2011。

馮雙麗。〈李碧華：神秘，只因想做普通人〉。《寶安日報》2011年8月6日。A7版「台前幕後」。

劉劍梅。〈香港的曖昧與狹邪——李碧華作品的香港情結〉。《明報月刊》388（1998年4月）：28-30。

唐潔。〈透視浮華背後的浮生世相——從李碧華的小說中探尋香港人的文化身份〉。《傳奇‧傳記 文學選刊》（2009年12月）：24-26。

向穎、黃瑤。〈客途秋恨——論李碧華小說中的家國想像〉。《黃岡師範學院學報》32：2（2012年4月）：96-99。

閻敏、韓靜。〈論李碧華《霸王別姬》隱含的三層意蘊〉。《安徽文學》（2011年第5期）：19-21。

陳岸峰。〈李碧華小說中的情欲與政治〉。陳岸峰。《神話的扣問 現當代中國小說研究》。香港：天地圖書有限公司，2012。頁145-158。

———。〈李碧華《青蛇》中的「文本互涉」〉。《21世紀》65（2001年6月）：74-81。本文同時收在陳岸峰。《神話的扣問 現當代中國小說研究》。頁130-144。

常慧。〈沉痛的哀歌——探析李碧華小說中的「文革」敘述〉。《安徽文

學》（2011第11期）：52。

藤井省三著，劉桂芬譯。〈小說為何與如何讓人「記憶」香港：李碧華
　　《胭脂扣》與香港意識〉。陳國球編。《文學香港與李碧華》。台
　　北：麥田出版社，2000。頁81-98。

魯迅。〈略談香港〉。《語絲》144。1927年8月13日。

白雲開。〈都市文學的市場及媒體元件──以李碧華及穆時英小說為
　　例〉。香港中文大學中國語言及文學系。《都市蜃樓：香港文學論
　　集》。香港：牛津大學出版社，2010。頁231-254。本文也刊於《作
　　家》24（2004年6月）：14-29。

陳平原。《陳平原小說史論集》上中下3卷。中卷《二十世紀中國小說史
　　（1897-1916）》。石家莊：河北人民出版社，1997。

李小良。〈穩定與不穩定──李碧華三部小說中的文化認同與性別意
　　識〉。《現代中文文學評論》4（1995年7月）：100-111。

朱崇科。〈戲弄：模式與指向　論李碧華「故事新編」的敘事策略〉。
　　《當代》179（2002年7月）：124-139。

張恨水。《我的寫作生涯》。成都：四川人民出版社，1981。

陳國球。〈文學香港與李碧華〉（導言）。陳國球編。《文學香港與李碧
　　華》。頁13-38。

陳麗芬。〈普及文化與歷史想像　李碧華的聯想〉。陳國球編。《文學香
　　港與李碧華》。頁119-140。

危令敦。〈不記來時路──論李碧華的《胭脂扣》〉。危令敦。《香港小
　　說五家》。香港：天地圖書有限公司，2012。頁104-141。

王德威。〈世紀末的中文小說：預言四則〉。王德威。《小說中國：晚清
　　到當代的中文小說》。台北：麥田出版，1993。頁201-225。

許子東。〈香港的純文學與流行文學〉。許子東。《香港短篇小說初
　　探》。香港：天地圖書有限公司，2005。頁39-41。

許維賢。〈四面楚歌下的同志再現　李碧華和陳凱歌對《霸王別姬》的改
　　寫〉。《電影欣賞學刊》140（2009年9月）：113-133。

張國榮主講，陳露明、黃豔萍整理。〈如何演繹小說中的人物　以李碧華
　　作品為例〉。《印刻》3：8（2007年4月）：27-34。

新銳文叢47　PG2665

新銳文創
INDEPENDENT & UNIQUE

為作家寫的書：
當代台港女作家論

作　　者	張雪媃
責任編輯	孟人玉
圖文排版	蔡忠翰
封面設計	王嵩賀

出版策劃	新銳文創
發 行 人	宋政坤
法律顧問	毛國樑　律師
製作發行	秀威資訊科技股份有限公司
	114 台北市內湖區瑞光路76巷65號1樓
	電話：+886-2-2796-3638　傳真：+886-2-2796-1377
	服務信箱：service@showwe.com.tw
	http://www.showwe.com.tw
郵政劃撥	19563868　戶名：秀威資訊科技股份有限公司
展售門市	國家書店【松江門市】
	104 台北市中山區松江路209號1樓
	電話：+886-2-2518-0207　傳真：+886-2-2518-0778
網路訂購	秀威網路書店：https://store.showwe.tw
	國家網路書店：https://www.govbooks.com.tw

出版日期	2021年10月　BOD一版
定　　價	280元

國家圖書館出版品預行編目

為作家寫的書：當代台港女作家論/張雪媃著.
-- 一版. -- 臺北市：新鋭文創, 2021.10
　　面；　公分. -- (新鋭文叢；47)
　BOD版
　ISBN 978-986-5540-78-4(平裝)

　1.中國當代文學 2.女性文學 3.文學評論

820.908　　　　　　　　　110015845